行動する詩人 栗原貞子

平和・反戦・反核にかけた生涯

松本滋恵《著》

渓水社

1932年秋　19歳

1953年　長男哲也を抱く栗原貞子と夫唯一

1970年代　撮影日不明

1970年頃　自宅前にて　栗原貞子と夫唯一

1991年秋　安佐南区の自宅前

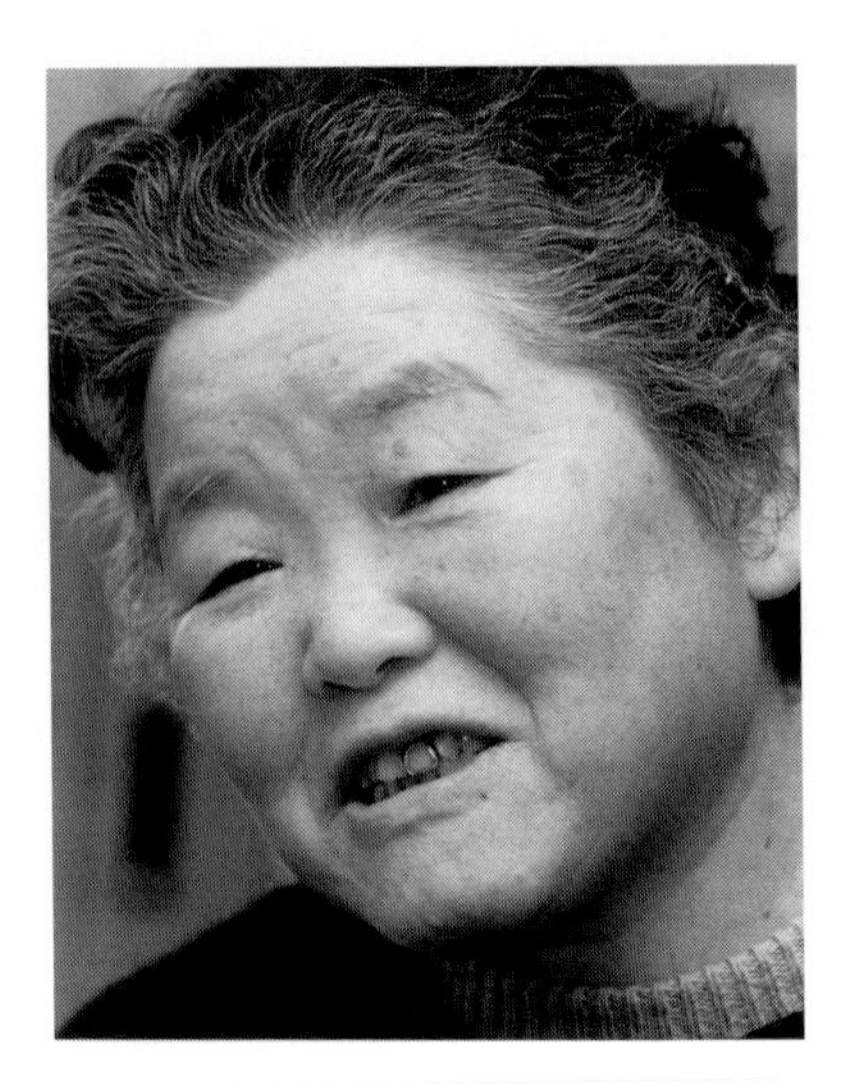

1981年12月15日　藤恵乾吾撮影
中国新聞社所蔵

護憲の碑の後ろに立つ栗原貞子（広島市安佐北区）

まえがき

二〇一一年三月一一日に発生した東日本大震災で福島第一原子力発電所は地震と津波のため全電力を失い、原子炉はメルトダウンして水素爆発を起こし、放射能物質が広範な地域に飛散した。

放射能被害があったことが、当時放送大学広島学習センターにおいて広島大学名誉教授水島裕雅先生による講義で語られた。その講義では大田洋子、原民喜、峠三吉、栗原貞子、正田篠枝について学んだ。

大田洋子、原民喜、峠三吉、正田篠枝は、原爆の被爆の惨事を小説、詩、短歌に表現しているが、栗原貞子はそれだけではなく「原爆被爆者も加害者である」と明言したことを学んだ。さらに前述の四人より長く生きたことで平和憲法が敗戦後から少しずつ乖離してゆく日本の現状をみつめそのことを危惧し、「平和・反戦・反核」を彼女の生き方を根底に据えて、平和運動に生涯をかけた詩人であり、栗原貞子は、詩人と運動家を両立させたことについても学んだ。

だが、栗原貞子は広島の詩人であり平和運動家として著名であったが、「栗原貞子」というと原爆の子の像のモデル佐々木貞子の事と思う人もあり、広島の地でも意外に知られていないのが現状である。その様なこともあって彼女を「行動する詩人」として正面から取り扱った研究論文は少なく、彼女を研究するのは今こそ意義あるものと思い、人間像、詩人、運動家として一生を駆け抜けた栗原貞子を照射していきたいと思った。

栗原貞子は爆心地から四粁の地点において三二歳で被爆した。私は爆心地から三粁の地点において三歳で被爆した。被爆した歳は大差があり、被爆経験も温度差があるが、同じ被爆者である。さらに原爆死せずに生かされているという思いは同じである。これは多大な共通点である。また、同じ広島市に生まれ育ち、ずっと住み続けた事により、貞子が作品の中で述べる広島の時代背景、環境が手に取るように理解できるのではないかと思った。

栗原貞子の遺族が彼女の全資料を広島女学院大学に置いて、学内の図書館には、「栗原貞子記念平和文庫」として開設されている。このことから「広島女学院大学言語文化研究科日本言語文化専攻博士後期課程」へ入学しようと思い大学を訪ねた。大学では「栗原貞子を指導する資格を得ている教授がいないので一年間研究生として通学してください。来年は資格を持つ教授がいるので」といわれ一年間研究生として通学した。

私は、七四歳で「広島女学院大学言語文化研究科日本言語文化専攻博士後期課程」を受験し、何とか入学できた。普通この年齢では、大学の教授方はとっくの昔に定年退職され、一線から退いている方がほとんどである。実際入学したもののとんでもない場所へ来たものだと思ったものであった。大学で顔を合わせる学生たちは孫の年齢である。そのような人と一緒に学ぶことが出来るのかと、それまでは年齢のことも考えず、我が道を行くとの思いで、突っ走って来たが、初めて不安になった。すでに船は岸壁を離れ出航している。後には戻れない。「やるしかない」そんな思いに開き直った。しかし、集中力、記憶力、体力は自分の想像以上に欠落していた。そんな中、多くの人に励まされ、助けられることになった。さらに、福島原発事故以来、核問題が取り沙汰され、きな臭い現代だからこそ、栗原貞子を研究することは、時に叶い意義あるものと、「今しかないと」思って研究し、七七歳で何とか、博士論文を完成させることが出来た。「博士論文の提出を半年延ばしても良いですよ」と指導教授にいわれたが、半年先自分がどのような状態になっているか分からないと思い予定どおり提出した。

指導教授を初め副査の先生方から博士論文を「著書にしたら」と声を掛けていただいたので、もうひと踏ん張りと思い手がけたのが本書である。本書の内容について、読者諸氏の忌憚のないご批判をご教示を賜ることができれば幸いである。

目次

行動する詩人　栗原貞子

平和・反戦・反核にかけた生涯

第一部

序章

栗原貞子は、「行動する詩人」として知られている。貞子は、どのようにして詩人であることと平和運動とを両立させることができたのか。また、詩人としての営為において彼女の社会性、思想性、人間性はどのように開示されていったのか。管見によれば、従来の研究においては、この点について詳細に論証したものは見当たらない。それ故、本書においては、詩を解釈すると同時に貞子が何をいわんとしているのか、そこに隠された社会性、思想性、人間性を明確化するとともに革命的なヒューマニストとしての貞子に対しても考察していきたい。

貞子は、一九一三（大正二）年三月四日、現在の広島市安佐北区可部町上町屋の農家の次女として誕生した。父は土居小六、母はタケヨである。広島県立可部高等女学校を卒業した翌年一九三一（昭和六）年、アナキストと知られている栗原唯一と結婚をした。二〇〇五（平成一七）年三月六日、九二歳で自宅にて死去している。

貞子がアナキストの唯一と結婚したことは、その後の人生に大いに影響を与えることからまず、アナーキズムについて知っておく必要がある。アナーキズムについて『新社会学辞典』から引用する。（注　無政府主義のことをアナーキー、アナキズム、また、アナーキズムといい、無政府主義者をアナキスト、アナーキストと呼ぶため本書内における引用の際は原文通り使用する）。

無政府主義と訳されるが、元来アナーキーとは、古代ギリシャ語で「権力ないし政府の存在しない事態」を意味している。（中略）現実に存在する政府やその他の諸権力・権威に対して反抗する運動につながる。それゆえこの思想が、特定の秩序や体制を支配の正当的根拠として掲げる政府権力によって、危険極まりない存在と映り、憎悪・弾圧の対象となっても、何ら不思議ではない。そのため、政治権力とそれを補佐する宗教権力は、民衆を隷属状態に置くことを批判する「支配秩序の否定」を、「秩序一般の破壊」にすり替え、アナーキーを「秩序破壊」ないし「無秩序」、さらにはテロリズムの同義語とさえ規定するイデオロギー操作を行った。そしてこの規定を拠り所に支配権力は、危険分子であるアナーキストに対し徹底した迫害を加え、抹殺した。今日、民衆の間にさえアナーキズムを秩序破壊の危険思想と見なす通念があるのは、このような事情からであり、重大な誤解である。（中略）トルストイ

などのような宗教的アナーキズムも存在する。注1

このことから考えるならば、アナーキズムは「無政府主義」であるが、一般的には「暴力的な反国家主義」だと理解されている。また、彼らは国家のない社会、無政府状態の社会を推進する思想を持つが、無秩序主義者ではない。また宗教的アナーキズムも存在する。日本において、アナキストの幸徳秋水は、大逆事件で死刑となり、大杉栄は、関東大震災後の混乱の中、殺害されたという歴史的事実がある。

唯一は、関東大震災の時、朝鮮人や社会主義者が虐殺されたことに怒り、旧制中学校を中退し、上京して社会主義の運動に参加した。当時の情勢では、唯一は、特別高等警察から甲号特別要視察人として尾行される身となり、準禁治産者とされた。そのような事から貞子の結婚は、両親に反対され出奔してのものであった。

貞子の文学者としての始動は、一九三〇（昭和五）年女学校を卒業した頃、歌誌「処女林（のち改題「真樹」）の同人となったことからである。「農業を手伝わずトイレに隠れて本を読むような文学少女だったという。」注2ことが、後の詩人としての土壌を育んだ。初期は、短歌、詩を詠んでいたが、戦後においては短歌から、詩へと向かうようになった。このことについては、貞子自身「私は戦後、桑原武夫氏の「第二芸術論」の影響もあって、歌との別れを行ったが」注3と書き留めている。さらに、その理由を次のように記述している。

短歌はその性格上、どのような目を弊う人間悲惨も、驚天動地の事件も、三十一文字に破綻なくまとめ、諦念の微光をほどこして手工業的完成をしめす宿命と伝統の方法であるところから、三千万度の熱に焼かれた人間悲惨をまともにとりあげてうたうことは不可能のようである。[注4]

すなわち、被爆の惨状を三一文字に表現するのは不可能であると考え、短歌と別れ、詩作へと方向転換したことがわかる。ここに原爆のことを詠む詩人としての出発点がある。

『中国新聞』一九三〇年九月二二日「文芸」面の「中国歌壇」欄にどい・さだこの名で掲載された短歌〈鉄道の修繕工夫のうちあげし　つるばしのははみなく光る〉といった労働の歌がある。女学校を卒業したばかりのうら若い娘が労働を短歌に託すこと自体、留意すべきことであるが、それに加えて貞子の目は社会に向けて開かれていくようになる。これに関しての記述があるので、次に引用する。

・昭和の初期、中国新聞の月曜日付には、一ページまるまるを使った文芸面があった。そこに「どい・さだこ」という常連の名が見える。栗原（旧姓土居）貞子であった。（中略）新聞に登場し始めた昭和五年は、県立可部高女を卒業したばかりの十七歳だった。「女学校時代、国文の前田倭文雄（しずお）先生が私の文学の目を開いて下さった。まだ大正リベラリズムが尾をひいていたころで、先生は関東大震災の時に日本人が朝鮮人に対し何をしたか、といった話や、石川啄木の思想について語ってくれた。私にとって大事な出会いでした」と貞子は言う。[注5]

・無教会派キリスト者矢内原忠雄に心酔していた林子は、明確な反戦の思いを持っていたと推定される。（中略）一三年のノートに以下のような短歌を書き付けていた。

地の上は騒然として暗くあり　然かるに夜々に清き星光

高すめる星に御神を覚えとや　地はいくさごと激しかるとも

文学少女だった貞子に、林子は思想的な影響を与えたに違いない。[注6]

新聞の文芸面に常連のように掲載されたことは、歌人・詩人の素養があったことに加え、恩師前田倭文雄の影響により反戦思想を持っていたと思われ、さらに、四歳上のキリスト者の林子の影響があり、社会の矛盾をうがつ批評性が貞子において育ち始めたことが関係していると推測できる。

貞子は女学校を卒業すると、的場の姉の家に身を寄せており、そこで、将来大いに影響を受けた人との出会いがあった。まず、的場に隣接する段原町には『処女林』の発行所、編者である山本康夫宅が在り、貞子は、そこでの集まりに参加するため、しばしば訪問していた。次に、前述の林子が近くに住んでいた。貞子は、林子と共に山本の妻である「紀代子夫人をかこんで、リベラルな青春をうたった。」[注7]このような環境が、『中国新聞』への短歌や詩の投稿が掲載されるまでの文学面での成長を促していたものと考えられる。林子は、その後結核で一九三九（昭和一四）年に三〇歳の若さで死去している。

林子の死後、兄で英文学者、詩人の大原三八雄氏の手によって、『聖手に委ねて』（一九四三年）と題した林子の日記が、自費出版されている。日記において「昭和七年一月二日（前略）午前中思いがけなく土居貞子さん来る。彼女氏の思い切った処置は驚かざるを得ない。アナキストとの結婚」[注8]と記述されている。また、「二月六日　今日の午後四時にブラジルへの移民船が出ると新聞に出てゐた。三の宮から（土居）貞子さんの手紙を受け取ったのは二十三日前だった。「海に飛びこむかもしれない」と書いてあった。（中略）土居さんのフィアンセは手紙を見るなりわなゝ慄えながら神戸にゆきますと言ってゐられた」[注9]という記述がある。貞子の結婚については、『問われるヒロシマ』[注10]に本人による詳細な表白があり、その記述によって知ることができる。

唯一との結婚の経緯について前述した文章と重複するが、貞子自身の言葉を引用しつつ、要約すると次のようになる。

「女学校を卒業した翌年の一九三一年の暮、私は十九歳で非合法な結婚をしました。」貞子が唯一を恰好良い青年と思った理由は、「関東大震災の時、朝鮮人や社会主義者が虐殺されたことを怒り、上京して平民社（ママ）の運動に参加した彼は、やがて特高から甲号特別要視察人として尾行巡査をつけられて郷里にかえり、徴兵検査うけるわけですが、その時、尾行を困らせた話など、ヒロイックで恰好のよいことに思っていました。」そして、「『われわれの前途は茨の道だ。それが承知出来るならついてこい』と彼にいわれた十九歳の私は、その殺し文句的効果に決心して松山へ同行することになったのでした。彼は二十六歳でした。」その後、貞子の家から警察に保護願いが出され、貞子は、保護され、両親のもとに帰った。「当時は社会主義者といえば非国民で国賊で、一族が社会から白眼視されつまはじきにされていました。半月以上も監視されて私はたえられなくなり、父にいいました。『このままの状態ではどうしようもないので、私はいっそブラジルへでも行って新しい生活を始めたい』。それは、未知の人との、仮約束の結婚、入籍だった。貞子は、神戸の移民収容所でブラジル行きの船を待った。その時、貞子宛に電報が届いた。『〃サンノミヤエキニ　六ジ　デ　ムカエタノム　　リンコ〃』、友人の林子からであった。「私は神戸でも父に監視されていて一銭のお金も持たされませんでした。」貞子は、「同室の人に電報を見せて電車賃を五〇銭借り三宮駅に行きました。」そこで待っていたのは唯一であった。その後、唯一と貞子は、松山（宮本武吉と中野徹という若いアナキストがいた）へ向かうが、所持金を使い果たし、収入もないため唯一の郷里（可部町）に帰るため「宇品に上陸した私たちは林子さんの家にたちよりました。」とある（なお、十九歳は数え年と思われる）。

先述のことから林子の兄三八雄氏は、貞子が敗戦直後詩作した「生ましめんかな」を最初に英訳した。貞子は、第七回原水禁世界大会においてソ連の核実験を容認するか否かの論争があった時に異を唱えたことから、数年間孤立へと追いやられた。その間貞子の内奥を詩にした九編が、三八雄氏の発行している詩誌『ぷれるうど』に掲載されている。これらのことから、貞子が四面楚歌に陥った時に、三八雄氏は亡き妹の親友であった貞子に手を差しのべ続けたことが確認できる。

一九四五（昭和二〇）年「十二月十七日、（中略）細田民樹氏と畑耕一氏を顧問に中国文化連盟を結成した。[注11]」山本康夫・紀代子夫妻、栗原唯一・貞子夫婦は、共に中国文化連盟発起人となっている。このことから「中国文化連盟」の結成には、的場での交流があった山本康夫・紀代子夫妻の協力もあったことが確認できる。さらに、翌年三月に発刊した雑誌『中国文化』（創刊号）に、山本氏は原爆体験記「幻」、短歌、小品を投稿している。[注12] 以上のことを踏まえると、居住していた的場は、貞子の文学の展開を促した地であり、唯一との結婚へと導いた地でもある。また、林子の友情がなければ、唯一との結婚には至っていない。貞子は的場のことをその後も語っていないが、貞子の詩人としての礎が築かれた重要な地であったということができる。

貞子は『黒い卵』(完全版)の一〇八頁において「挽歌―大原林子さまに送る」と題し、短歌五首を詠んでいる。(十六)と記されていることから昭和一六(一九四一)年に詠まれたと推測できる。その中には、〈山たずね河をたずねてとめ行かな　大原林子が奥津城どころ〉という一首が記されている。林子が亡くなった頃、貞子は反社会的と受けとめられた思想を持つが故に、社会的な抑圧のある状況のもとで生活は困窮し、困難を極めていた。そのため、林子の死を知ったのは、その二年後であった。この短歌から林子への変わることのない慕情が窺える。

貞子が女学校を卒業した翌年から満州事変が始まり、日本は、日中戦争、第一次世界大戦、太平洋戦争へと突き進んだ。貞子が願望する自由とは乖離し、暗黒の時代へと加速していった。戦時下での体制批判の思想を持つ貞子は、抑圧される者の苦悩、思想差別を体験することによって、差別する者への鋭い洞察力と批判精神を持った。貧困ゆえに長男(一九二四年没)を死に追いやったことによって、経済力がないことは、人の命を奪うことであることを経験した。この体験は、将来弱者への共感を持つことに繋がった。

また、爆心地から四粁の地点で被爆し、原爆投下三日後、隣家の娘の遺体を引き取りに市内を歩き、原爆の極限状態、阿鼻叫喚の惨状を実見した。このことは、被爆死した人たちの平和への祈り、生かされた者の責務として「平和・反戦・反核」を希求する原動力となり新たなる方向性へと進ませ、原爆詩人を誕生させた。

ベトナム戦争反対運動が「被害者であると同時に加害者である」という反戦の新しい視点を開き、貞子は参加することによって、「原爆被爆者も加害者である」と明言した。一九七一（昭和四六）年、山口県岩国米軍基地に「核」が存在し、核部隊が配置されていることが判明したことをきっかけに、政府に対し、危機感を持ち「書くことから語ることへ」、即ち行動することへ向かうようになった。このことは、貞子の根底に、常に生産的、かつ創造的な発想が据えられ、方向づけされた証左であるといえる。

そのことを結実した顕著な例は、一九九一（平成三）年一〇月三〇日、広島県呉港でのＰＫＯ反対デモへの参加である。「夕方家に帰ると待っていたように、低ごもった男の声で「死ね！」「殺すぞ」という脅迫電話がかかり、十一月四日には血盟団を名乗る者から血判と血液を散らした脅迫状が届いた。翌五日、私は行動委員会の人たちと一緒に記者会見をした。[注13]」という事実を貞子は述べている。

貞子は、生涯「平和・反戦・反核」を一貫して全身全霊を投げ打って闘った。「自由、自発」を掲げ「革命的ヒューマニスト」を尊重する貞子は、問題を表層的視点からだけでなく深層的視点から、また、多角的視野からも問い、そして、詩人としての鋭い感性と感覚でもって対峙し、咀嚼することによって「傍観者」ではなく、抗議の渦中へ精神だけでなく肉体までも投じた。その姿勢は、戦争、原爆の悲惨さを体験し、二度とあってはならないと「平和・反戦・反核」へと身体の動く限り、詩人として、活動家として常に第一線に身を置くものであった。それは、貞子の生き方そのものであった。その原動力は、貞子の根底に「平和への信念」と「強靭な執念」があったからこそである。徹頭徹尾「革命的ヒューマニスト」である心情と反核の精神は死に至るまで失われなかった。

本書では、そのような貞子の有り様について明らかにする。さらに付け加えていえば、二〇一一（平成二三）年の福島原発事故後に、改めて「原爆・原発・放射能」が問題視されるようになった。このことから、今日において「平和・反戦・反核」のために、詩人として運動家として、闘った先駆者としての栗原貞子に焦点を当て、その姿勢から学ぶことには意義があるという見通しのもと、考察していきたいと考える。

注

1 『新社会学辞典』有斐閣　一九九三年二月　一五頁。
2 森田裕美「戦後70年　志の軌跡　第5部栗原貞子①」『中国新聞』二〇一五年一二月一六日。
3 栗原貞子『黒い卵（完全版）』人文書院　一九八三年七月　一二四頁。
4 栗原貞子「回想　―敗戦・「中国文化」・短歌―」『火幻』第一〇巻三七号　火幻の会　一九六七年一〇月　五六頁。

5　安藤欣賢「ヒロシマ表現の軌跡　第一部栗原貞子と周辺　1」『中国新聞』一九八七年七月七日。

6　安藤欣賢「栗原貞子に影響を与えた人々」『栗原貞子を語る　一度目はあやまちでも』広島に文学館を！市民の会　二〇〇六年七月　四九頁。

7　栗原貞子「『帛紗』」「生命賛歌」「三つの珠」によせて」『真樹』第四〇巻第一号　真樹社　一九六九年一月　三四頁。

8　大原林子『聖手に委ねて』大原三八雄　一九四三年三月　四〇頁。

9　注8に同じ。　四五頁。

10　栗原貞子『問われるヒロシマ』三一書房　一九九二年六月　一五三～一五八頁。

11　注3に同じ。　一一八頁。

12　『中国文化』原子爆弾特集号復刻並に抜き刷り（二号～十八号「中国文化」復刻刊行の会）　一九八一年五月　一六五頁。

13　注10に同じ。　二六頁。

第一章　詩歌集『黒い卵』と詩「黒い卵」論

――時代に翻弄された『黒い卵』と戦時下で詠まれた「黒い卵」――

はじめに

詩歌集『黒い卵』は、一九四六（昭和二一）年八月、私家版として発刊された。当時は、アメリカの占領軍によってプレス・コード（検閲）が敷かれ、詩の一編が部分削除、二編が完全削除され、短歌一一首が削除された。貞子たちは、この五ケ月前に機関誌『中国文化』（原子爆弾特集号）[注1]を発刊するため事前検閲を受けたのにもかかわらず、事後検閲においてチェックが入り、難航した。その経験から貞子は、事後検閲を恐れ、自ら短歌「原子爆弾投下の日」の終わりの五首と「降伏」の短歌四首を削除し、詩二九編、短歌二五二首を収めて『黒い卵』を発刊した。その後、貞子は一九八三（昭和五八）年七月、検閲で削除された作品と自ら削除した短歌九首を加

え、『黒い卵（完全版）』として人文書院から刊行した。『黒い卵（完全版）』の「まえがき」におい
て、「本書は、一九四〇年から四五年にかけて、太平洋戦争前から敗戦初期にわたる時期に私が
つくった詩と短歌をあつめた詩歌集『黒い卵』の完全版です。[注2]」との貞子の記述がある。なお、
『黒い卵』は、前半が「詩編」、後半は「短歌編」として構成されている。

『黒い卵（完全版）』の発刊に関しては、一九七五（昭和五〇）年、占領時代のことを研究してい
た袖井林二郎氏が、米国のメリーランド州立大学マッケルデン図書館に収められた厖大な量の検
閲押収文書の中から『黒い卵』のゲラ刷りを発見し、八二年に堀場清子氏（広島出身）が、その
コピーを取り同年一〇月に貞子に渡した。貞子は、『黒い卵』の原型を三六年ぶりに目にし、検
閲で削除された作品と自ら削除した短歌を加え、一九八三年に完全版として刊行した。

詩「黒い卵」の詩作は、一九四二年一一月である。初出は、一九四六（昭和二一）年三月に発
刊された『中国文化』（原子爆弾特集号）創刊号であり、同年八月に発刊された詩歌集『黒い卵』
に収録されている。「黒い卵」が執筆された時期及び、『中国文化』（原子爆弾特集号）の創刊号、
詩歌集『黒い卵』が出版された時期、時代背景を射程に入れ、発刊されたことについて留意すべ
きであると考えられる。

詩「黒い卵」の先行研究において吉田欣一氏は、この詩が戦時下で詩作されたことから「ひと
りの女性が夢見ることによって自らの生を支えて来た黒い卵、黒い思想、そこに秘められている

ロマンチシズム、自らを励まして戦争中に、はばたけ、はばたけと心の中で叫んでいる。（中略）この詩の持つ予感の正しさと、そこにこめられている人間の心の歯がみする思いが伝わってくる。[注3]」と見解を示している。また、伊藤眞理子氏は、「戦時下栗原夫妻の最も精神的に苦悩を深くした時代の作品である。（中略）詩と思想を明確にした心象の作品である。[注4]」と指摘している。

本章では、検閲という外圧の中で『黒い卵』が発刊されたことと、完全版としての『黒い卵』発刊への詳細な経緯について考察した上で、戦時下という非人間的な環境の中から、貞子の内奥に迫る詩「黒い卵」と共に詩歌集『黒い卵』が発刊された意義についても考察していく。

第一節　詩「黒い卵」の時代背景

まず、詩「黒い卵」の時代背景について具体的に見ていく。

詩「黒い卵」が詩作された一九四二（昭和一七）年といえば、太平洋戦争が勃発した翌年である。日本の世情は、一九二五（大正一四）年に制定された治安維持法がさらに厳しく徹底され、政治、経済から言論、信教とあらゆる分野において戦争遂行への確立がなされた。さらに、天皇や戦争への批判は一切許されず、個人生活は極度に制限されていた。貞子が、アナキストの栗原唯一と結婚したことは、「序章」で述べた。アナーキズムの思想である「権力の無い自由発意と自由合意」を重視する貞子にとっては、思想故に抑圧され、日常生活は、なおさら、息の詰まるような、厳しいものであったと考えられる。その様な環境であっても「私はこの戦争の目的ややり方に疑問をもち、戦争を批判する詩や短歌をおりをみては書いていた。[注5]」と自己の心意を述べている。

太平洋戦争に突入してからは、戦争を批判する文章を記述したり、口外したり、禁断の書を所持することは、憲兵や特別高等警察に見つかれば、連行され、非国民、国賊として、下獄を余儀なくさせられるという状況があった。

当時、『原爆詩集』の著者峠三吉の兄一夫が共産党員であることから逮捕され、その現場に直面した記述があるので引用する。

・官憲の襲撃を察知した一夫は（中略）整理しかけた書類を便所につき落として棄てた。しかしついに逮捕され、足腰たたぬまで踏みつけられ蹴とばされた。[注6]

・長兄一夫も治安維持法違反の容疑で裁判にかかり一審で八年控訴審で七年の刑がいいわたされ（後略）。[注7]

戦争を批判する詩や短歌を書きためること自体危険極まりない行為であったが、貞子は、「私が、反戦の詩を書いても大丈夫だったのは、私が、まだ無名で、誰も私がそんな詩を書いていると知らなかったからです。[注8]」と記しているが、『栗原貞子全詩篇』の七四頁の「五　ノート　あけくれの歌（一九四五・一二）」の付記に「既に戦争は末期となり、言語統制は狂気の如く、作品をノートに残すのも万一を思うと恐ろしく、カムフラージュのため冒頭の「前線出動の弟へ」「あけくれ」の歌なども配した」と記述されていることから恐怖があったものと窺える。

貞子は、平和を希求してやまなかった当時のことを、「私たちは少数の友人と不自由な食物の入手などで助けあいながら、心中ひそかに軍国主義に抵抗し、戦局を語りあってまぬかれ得ぬ敗戦の日を待っていた。（中略）そんな私にとって八月十五日はついに来るべき日が来たわけだった。天皇の放送を聞いたとき、「やっと戦争が終わった」と言う感慨の涙がこぼれたが、虚脱も号泣もなかった。[注9]」と記述している。

また、『黒い卵（完全版）』の「はしがき」に「私は戦時中も私の思想―自由と愛と平和の社会、非権力社会へのあくがれを純全に歌った。人々が戦争の讃美歌に夢中になっている時、私は片隅で戦いなき世界を熱望した。そして今、戦いは終り世界は新しく結ばれる日が来た。[注10]」との記述がある。昭和二一年三月一八日と記されていることから初版に記述されたものであろう。以上のことから「黒い卵」には戦時下での抑圧と圧制という特異的な背景があり、難局の中で詩作されたことが確認できる。

では、他の詩人たちは戦時下においてどうであったかについて、貞子は次のように述べているので引用する。

詩人たちは、日本詩人協会（一九四〇）、全日本女詩人協会（一九四一）、日本青年詩人連盟（一九四二）を結成し、「大東亜決戦詩集」「現代愛国詩集」「少年海洋詩集」「興亜詩集」「辻詩集」と相ついでアンソロジーを出版し、「愛国詩の夕」が開催され、詩の朗読がさかんに行われた。[注11]

このことから当時の多くの詩人たちは、時代の流れに沿い戦争を謳歌する方向へ向けられたことが確認できる。

これまで述べたことから、貞子は、戦時中権力の抑圧から解放される日を待ちわびていたことが窺える。さらに、「反戦平和の思想を胸深くに抱いて、戦争に向かう日本と世界を正面から凝視し、批判していたのです。[注12]」と伊藤成彦氏が指摘しており、反戦の意志は、唯一と結婚する以前青春時代からあった。そして、貞子の人生は、アナキストである唯一と結婚したことによって、社会、戦争に関してなお一層思索する姿勢へと方向づけされたといえる。

ここで留意すべきは、「黒い卵」が詩作された一九四二（昭和一七）年である。

一九三八（昭和一三）年、貞子は次女の純子を出産している。この時、貞子の母が訪れて実家への出入りが許されている。一八歳で家を出て以来七年振りである。その間一九三二（昭和七）年、長男哲也を出産するが、二歳の時、消化不良のため死亡し、翌年、長女眞理子を出産している。当時は、軍国主義に抵抗していた故、困窮を強いられ、子育てに翻弄されていたと考えられる。三人目の子の誕生で喜びに満たされたことと、実家の出入りが許された安堵感からか短歌「純子生まれぬ」は詠まれているが、長男「哲也生まれぬ」、「哲也の死」、長女「眞理子生まれぬ」は詠まれていない。「哲也の死」に関して孫の内藤みどり氏は、「かつて息子が亡くなったことは伯母から聞き知っていましたが、それについて祖母が語ることは無く、語れないほどの悲しみ、苦しみだったのだと思います。[注13]」と記述している。それ故か、「哲也の死」は、「愛と死―わが子哲也―」（詩誌『ぷれるうど』一九六五年七月号）との題で、哲也の死の三一年後に詠まれている。また、伊藤成彦氏に宛てた書簡の中に「亡くした長男・哲也のことを書いた手記」がある。伊藤は「この手記はおそらく亡くなる一年くらい前に書かれたと思われます。[注14]」と述べ、手記は「可愛い、坊や」から始まる。既に亡くなってから七〇年が経過しているが、今、そこに我が子が実在し、語りかけているように書かれている。このことからも貞子にとって哲也の死は、七〇年経っても容認できないほどつらく、悲しいものであったと窺える。

前述したように、「黒い卵」は実家の出入りが許され、精神的にも経済的にも余裕ができた環境の中で詩作されたと考えられる。

第二節　『中国文化』（原子爆弾特集号）創刊号と詩歌集『黒い卵』の刊行

まず、『中国文化』（原子爆弾特集号）創刊号の発行について次に述べる。

細田民樹氏は、一九四五（昭和二〇）年三月一〇日の東京空襲に先立って、広島県山県郡壬生町（現・千代田町）に疎開してきた。その年の五月に友人の弁護士須磨氏の葬式において栗原夫妻との出会いがあった。その時、細田氏は、『黒い卵』の「序」の中において、「政治、社会、思想など多方面に、しっかり話のできる人であった。私は―失礼ながら―田舎にも、こんな夫婦がいるのかと、ちょっと驚いたくらいだった。[注15]」と述べている。さらに、「さすがに夫婦で、長い間の思想的苦練を経てきただけに、あのとう〳〵たる帝国主義的侵略戦争の間にも、女性ながら、よく堪え忍んで、じっと自分の感情と思想を操守してきたということであった。[注16]」と敬服している。この敬服故に、細田氏は、原爆投下の翌々日、牛田町に住んでいた義弟一家の安否が気に掛り、入市した。その日の夜、栗原宅を訪問し、夫妻と一晩中語り明かしている。その時の状況は「「もう戦争も長くない。戦争が終わったら文化運動を始めよう。こんなひどい無謀な戦争を起したのも、国民に自由な文化がなかったからだ。抵抗がなかったからだ」と話しあった。[注17]」との記述からわかる。この発言は、「敗戦の翌年三月、疎開作家の細田民樹氏、畑耕一氏を中心に私たちは文芸総合誌『中国文化』を創刊した。[注18]」との記述があるように実現している。貞子夫妻と同じ思想を持っていた細田氏との邂逅が戦後、雑誌『中国文化』（原子爆弾特集号）の創刊と『黒い卵』の発刊へと繋がった。ここに思想という内在的なものが現実化したのである。

唯一は、『中国文化』（原子爆弾特集号）の冒頭に「新しい日が来た。平和の日が来た。こゝではかつてのほしいまゝなる権力は、今や木の葉の小判のやうに他愛なくなり、裁いてゐた者が裁かれ、不当の圧迫の下に呻吟してゐたかつての国家の敵は今や正しく配置されやうとしてゐる。[注19]」（傍線論者。以下同様。）と記している。唯一たちは、厳しい弾圧の時代を乗り切ったがゆえ喜びもひとしおであったと窺える。貞子の詩「木の葉の小判」（一九四二・八）は、詩「黒い卵」と同年に詩作されている。その中に「狐がくれた木の葉の小判のように」という詩句がある。唯一は、その一節を『中国文化』（原子爆弾特集号）の冒頭に引用したと考えられる。戦時下の権力は、戦争が終わった今や狐がくれた木の葉の小判のように何の価値もない。人に踏まれゴミとして捨てられるただの木の葉だと風刺している。しかし、彼らは新たなる検閲という占領軍の絶対的な権力に脅かされ、困難に遭遇する事になる。

次に、『中国文化』（原子爆弾特集号）と、『黒い卵』においての検閲について明らかにしていく。まず、『中国文化』（原子爆弾特集号）について記述する。

一九四五（昭和二〇）年九月一九日から一九五二（昭和二七）年四月二八日サンフランシスコ講和条約発効までアメリカ占領軍は、言論の自由と民主主義を掲げながらも、検閲を発令してアメリカの原爆犯罪を隠蔽すると共に連合軍や占領軍について不利な報道を制限した。貞子たちは、機関誌『中国文化』の発行を決め、創刊号を原子爆弾特集号とすることにした。貞子は、検閲が発令されたことを知らなかった。「畑耕一氏から「大田さんが書いた原爆の作品が、検閲のため出版できない。原爆については慎重に対処するように[注20]」」といわれる。それ故、貞子は、次のように行動をしている。

私は当時、向洋の東洋工業へ被災のため仮移転していた広島県庁の渉外課に行き、雑誌発行の意を伝え、検閲についてたずねた。係りの人は、「原爆だけはやめておきなさい」（中略）心配してくれた。しかし、原爆をさけて戦後の出発はあり得ないので、私たちは計画を変えなかった。[注21]

貞子は、戦時中、弾圧によって自由を奪われ、耐えに耐えた。戦争の脅威、思想の弾圧、さらに、原爆の惨劇を目撃し、体験した被爆者として二度と繰り返してはならぬという信念と、生き残った者の責務ゆえ、試行錯誤し、困難を克服しての『中国文化』発行であった。

発行人の唯一は、ゲラ刷りを持ってGHQ第三地区民事検閲部の福岡の検閲局に行き、事前検閲を受けて帰った。当時は、食糧事情も悪く、福岡行きの切符を手に入れることも困難な時代であった（当時広島地区の検閲は福岡であった）。

『中国文化』の原稿は、部分的な削除はあったが、大した削除はされなかった。しかし、『中国文化』の発行人唯一は、検閲を受けたのに、呉吉浦の民間情報部（CIC）に呼び出された。このことについて次のような唯一の証言がある。

「中国文化」創刊号は指示通り事前検閲を受け指示通り事後検閲を求めたのに、CICのジョン・E・ケルトン砲兵大尉は机を叩いて怒った。プレス・コードの三項の「連合国に対し、虚偽もしくは破壊的な批判をしてはならない」、四項の「連合国に対し、破壊的な批判を加え怨情を招来する如き事項を掲載してはならない」と言う事項を知っているのかと言うのであった。軍法会議、沖縄送りと言う言葉があった後で唯一は「私はアメリカをデモクラシーの国であると信頼している。デモクラシーの国が検閲制度を設け、検閲を受けた出版物に、再度文句をつけるのは、日本の検閲制度よりもっとひどい、それではアメリカ・デモクラシーへの信頼を根本的にくつがえすものだ」と言ってようやく許されてかえった。その時今後の注意として、「原爆の惨禍が、原爆以後もなお続いていると言う表現は如何なる意味

でも書いてはならない」と厳重に言い渡されたのだった。注22

この記述から当時の検閲の厳しさとともに、『中国文化』創刊に対して、プレス・コードの三項と四項は、回避されたことがわかる。戦時下においても、唯一は、権力への隷属と直結しなかったからこそ、ＣＩＣのジョン・Ｅ・ケルトン砲兵大尉を相手取って臆することなく、反論したと窺える。また、推測すれば、唯一は、雄弁であったと解せる。そのことを証明する文章があるので次に引用する。

五五年に県会議員に立候補、その後入党し、三期、県会議員を務めた。栗原の演説は、非常に人の心をひきつける魅力があり、それは天才的ともいえた。彼はいつも党内で選挙や演説の指導をしており、栗原の信奉者たちはそれを〝栗原学校〟と呼んでいた。注23

唯一は、天才的な演説を、相手が占領軍の大尉に対してであっても、胸を張り、堂々と対等な立場で反論し、啖呵を切ったと理解できる。

また、貞子は『核・天皇・被爆者』において、次のように記述している。

事後検閲で発行人の栗原唯一が、呉市吉浦町のＣＩＣ民間情報部に呼び出されて、きびしい追及にあいましたが、ともかく最初の原爆告発を行ったわけであります。[注24]

この記述から『中国文化』（原子爆弾特集号）は日本において最初の原爆告発の書物といえることのことは、大いに評価されるべきである。

次に『黒い卵』である。

貞子は、『中国文化』（原子爆弾特集号）発刊の三ケ月後、『黒い卵』の刊行に着手した。占領下において『黒い卵』の出版に至るまでの手続きを記した文章があるので次に引用する。

七月二十日付で検閲願書を添えて、ゲラ刷り二部を福岡県地区検閲局の「刊行物・映画・放送課」に郵送し、間もなく削除する部分を赤線で引いたゲラ刷りに「許可」のスタンプを押して一部が返送されてきた。それにもとづいて、私は『黒い卵』を自費出版した。[注25]

削除された詩は「戦争に寄せる」が部分削除、「戦争とは何か」、「握手」の二編が完全削除、短歌は「巴里陥落、ヒットラー」一首である。これらの記述からも分かるように占領軍の検閲から許可を得るための煩雑さが解せる。次に、『黒い卵』が、完全版として発刊に至るまでの経緯について貞子の記述があるので引用する。

八二年十月、私は三十六年ぶりに『黒い卵』の原型を目にすることができました。私はそのゲラ刷りを読み、これらの作品を書いた戦争中のころや、自費出版するまでのいきさつを思い出しました。そしてその経過を書き入れ、削除部分を復活した完全版を出版したいと思うようになりました。[注26]

前述したように貞子は堀場清子氏から渡された『黒い卵』のゲラ刷りを再び目にした事によって忘れていた戦時下での、思想弾圧の中、秘かに書いた当時の状況を想起し、『黒い卵』を完全版として出版したいと念願し、刊行したことがわかる。このことに関して堀場氏は、次のように述べている。

私にとっても大きな喜びだった。権力によって歪められた言論は、〝された側〟が回復すべきだと、私は考える。（中略）朝鮮戦争の時と、検閲のはじめが一番恐ろしかったと、栗原さんはいわれる。それでノートは二度焼かれたらしい。[注27]

このことから、貞子が、戦時下で書き溜めたノートを、二度も焼却したほどの検閲の厳しさが確認できる。次の記述からも検閲の厳しさが理解できるため引用する。

原爆についてのGHQの検閲は徹底していた。日本人の医師や研究者は原爆の人体への影響に関して発表しようとしてもできなかったし、論文や研究の資料はすべて没収された。個人の被爆体験や原爆について書かれた詩や新聞記事も「公共の安寧を乱す可能性がある」ことを理由に出版されなかった。[注28]

以上のことから『黒い卵』は、検閲の影響を受け、歴史に翻弄されたことがわかる。原爆の焼け跡からの寒さと飢えのどん底の中での発刊は、相当なエネルギーを必要としたに違いない。この検閲により原爆の惨状は隠蔽され、威力のみが流布し、世界各国の原爆開発に繋がったといえる。

また、『黒い卵（完全版）』は袖井氏と堀場氏の助力が無ければ、刊行に至っていないことが理解できる。

第三節　詩歌集『黒い卵』において検閲で削除された作品と自ら削除した作品

詩歌集『黒い卵』に収録した二九の詩と二七二首の短歌のうち検閲によって詩三編と短歌一一首が削除され、貞子は、事後検閲を恐れ、さらに短歌九首を断念したことを前に述べた。検閲によって削除された詩三編について記述する。

「戦争に寄せる―戦場の音の写実放送をきゝて―」（一九四二・八）の削除部分を引用する。

勇ましいラッパ！　高鳴る軍楽！／神がゝり的な調子で戦勝を告げるアナウンサー、／煽(あお)る、煽る戦いの情熱！／ちょっとでも人間の理性をとりもどさないように／次々に現れては巧みに毒の言葉を／ふりまく国家の魔術師達！／完全に国家の魔術になった芸術的表現！／／我が軍はすゝむ、すゝむ、敵軍めがけてすゝむ、／軍靴だ、銃声だ、爆音だ、砲声だ。／轟々たる戦車の前進だ。／敵艦轟沈だ。

この詩は、冒頭の一一行が削除され、続く三〇行は許可されたものの作品の意味が解らないため、余儀なく全行を削除している。副題に「戦場の音の写実放送をきゝて」と記されていることから、戦場の状況を冒頭から聴覚に訴えている。そのため、直叙的な断言語で詠んでおり、その語が、さらに強められ、戦争という時局の権勢がなおさら伝わってくる。この詩は、芥川龍之介の『桃太郎』において「進め！　進め！　鬼といふ鬼は見つけ次第、一匹も残らず殺してしまへ！」の文章を連想させる。戦争とは、国家が勇ましい言葉で求心力を高めようと戦意高揚を煽り洗脳した。兵士は、愛国という名目に、人間としての思考力も理念も所持しない人格形成に追い込まれる。戦争においては、日本軍も米軍も同じ類だろうということから削除されたと考えられる。

次に、全行削除された「戦争とは何か」を引用する。

わたしは戦争の残虐を承認しない／わたしはどんなに美しく装われた戦争からも／みにくい悪鬼の意図を見い出す。／そして自分達だけは戦争の埒外にあって／しきりに戦争を讃美し、煽る腹黒い／人々をにくむ。／聖戦といい正義の戦いというところで／行われているのは何か、／殺人。放火。強姦。強盗。／逃げおくれた女達は敵兵の前に／スカートを除いて手を合わせるというではないか。／高粱が秋風にザワ〳〵と鳴っている高粱畑では／女に渇いた兵士達が女達を追い込んで／百鬼夜行の様を演じるのだ。／故国にあれば、よい父、よい兄、よい子が／戦場という地獄の世界では／人間性を失ってしまって／猛獣のように荒れ狂うのだ。

この詩の付記に「夫の唯一は、一九四〇年七月に徴用で病院船に軍属として乗り、上海に上陸した時、日本軍人の残虐行為を目撃し、それを私は夫から聞いたのだった」、「「戦争とは何か」には夫から聞いた話が生かされている」と記述している。

詩の冒頭から「わたしは戦争の残虐を承認しない」と率直な断言語を用い、強靭な意志でもって詠んでいる。戦争は、悪鬼の思惑と、聖戦と称し、讃美する者と真逆の対比である。聖戦であるとされる戦場においては、「殺人。放火。強姦。強盗。」と不条理な言葉の列挙であり、言葉の手榴弾ともいうべきであろう。続く語句「猛獣のように荒れ狂うのだ」と戦争において軍隊の非人間性を表現し、戦争の本質を鋭く詠んでいる。

この詩は、日中戦争の時に詠まれており、米国とは関係ないと思われるが、戦争に対する批判や暗喩は、米国に対する批判にもつながることから、占領軍が削除したのは当然だと考えられる。

次に、戦後詠まれた詩であるが、全行削除の「握手」（一九四六・二）を引用する。

ハロー、アメリカの兵隊さん、／昨日まで戦争ごっこに夢中だった／小さな軍国主義者達は／玩具の武器を捨てゝ呼びかける。／／ハロー、アメリカの兵隊さん、／小さな彼等の胸の中に／何かしら未知の民族への／あくがれが湧く。／／ハロー、アメリカの兵隊さん／昨日まで僕等のお父さん達と戦ったのは／あなた達だったのでしょうか。／大人から教えられた鬼畜と云う影は／微塵もなくて／大口を開けて明るく笑う／アメリカの兵隊さん！／僕等あなたの大きな手と／握手したいのです。

この詩の削除の理由を貞子は、「「握手」は占領軍批判とは逆の、子どもの立場からアメリカの兵隊を歓迎した作品であるが、このような占領軍の権威主義が、敗戦国の黄色いジャップの子どもから握手をもとめられたりするのを拒否したのであろう。[注29]」と述べている。しかし、堀場氏と奥泉氏との対談においては、「アメリカ兵に関する記述には、異常なほど神経質で、徹底的に削除処分がなされたと、うかがいました。（中略）占領者対被占領者としての秩序が、必然的に崩れるところから[注30]」と指摘している。貞子は、平和思想の立場から、アメリカの兵士を歓迎のつもりで詠んだのであろうが、額面通り軽んじられていると受け止められ、皮肉と解釈されたものであろう。詩の内容からも「握手」の題名からも、占領軍のプライドのため削除されたと考える。

次に、短歌で削除された「巴里（パリー）陥落、ヒットラー」の一一首を引用する。

英国の業のゝしりつその国に、代わらんとする口はのごえど
個人が侵せし時は罪となり　国侵せしはたゝえらるゝも
持たざる国独逸が持てる国犯す時　人等はなべてうべないにけり
持たぬ国が階級闘争の理論もて　持てる国と戦いつゞく
笑止なり防共と云いてつながりし、国等が持てる国に挑めり
善にても悪にてもよしすぐれたる　縦横迅速の業讃うらし
利益の前にはかつて己れ叫びしを　軽々すてぬさもしヒットラー
防共と不可侵協定は矛盾せずと　あわれヒットラーの口舌に迷う
先人が残せし珠玉守らんと　あわれパリーはついにくだりぬ
ヒットラーの電撃作戦何ものぞ　血に飢えてかくはいどみかゝれり
次々に小国ほうりて勝ちおごる　ヒットラーに拍手送る人の多きも

貞子は、『黒い卵』の中で「「巴里陥落、ヒットラー」の十一首が全行削除されたのも意外であった。ヒットラーの蛮行を批判し、連合国の側に立っていたとよめる短歌がなぜ削除されたかは不可解である。[注31]」と記述している。

当時、アメリカの敵だったヒットラーを詠んだことは、歓迎されると思っていたようだが、ア

メリカは、ヒットラーを批判していたチャップリンを追放したという事実を鑑みてもこれらの短歌は、ヒットラー批判よりも戦争体制批判そのものと受け止められ、削除されたと考えられる。

次に、自主的に削除した短歌について述べる。

「原子爆弾投下の日」の削除部分と「降伏」を引用する。なお、『栗原貞子全詩篇』では「原子爆弾投下の日」でなく「原子爆弾投下当日」である。

のがれ来る人のおの〳〵火傷して　衣は肉に焼きつきており
傷つかで真裸のまゝのがれ来し　少女に子らのパンツあたえぬ
散乱せるガラスの上を裸足にて　のがれし人ら血まみれなるも
郊外の収容所への道罹災者が　延々として列をなせるも
救援のトラックにのり死者傷者　火ぶくれて怖ろしき相となりぬ

「降伏」（詩作時期不明）を引用する。

誇ることにのみ忙しかりし国人ら　今はしずかに思い見るべし
痛みには耐えて起つべし監視機の　編隊の下に唇かみぬ

急降下する巨大なる機体まざ〳〵(ママ)に　米国のしるし正眼には見つ
超低空にとびゆく機体大空ゆ　どよもしてさと過ぎて行きたり

これらの削除について貞子は、「『中国文化』の(原子爆弾特集号)は、事前検閲の指示通り完成号をつくったにもかかわらず、事後検閲で恣意的にチェックされけん責された苦い経験があったので、『黒い卵』では事前検閲をパスしたにもかかわらず、前記の短歌を自己削除したのであった。いわば過剰の自己規制を行ったのであった。[注32]」と述べている。彼女自身三六年経ち冷静になったことから、このように自己分析することが出来たのであろう。

なお、堀場氏は『禁じられた原爆体験』の著書の中で「私見では、文学作品のうちで俳句、詩歌は最も検閲がひどかったとみています。[注33]」と述べている。詩と短歌は、小説より短く暗唱しやすいことからも検閲で削除されたと窺える。

第四節　詩「黒い卵」を読む

「黒い卵」は経済的にも精神的にも少し余裕ができた頃に詩作したことは、先に述べた。日中は二人の子の子育てで忙しく、従って執筆するのは子どもが寝静まってのことと考えられる。当時は、灯火管制が敷かれた状況である。国民精神総動員の政策の下「ぜいたくは敵」といわれ、暖を取る手だてもない暗く肌寒い一一月である。そうした閉鎖的避難世界、異空間を意識しながら、詩作は、自然に内部世界の深層へと照明を当てることになったと考えられる。

「黒い卵」（一九四二・一一・二）を引用する。

私の想念は無精卵のように、／いくらあたためてもあたためても／現実の雛とはならないのか、／私の胸底深く秘かにあたためている黒い卵よ、／お前がその羽をはばたかせて／飛ぶ日は来ないのか、／お前がその固い殻を破ってはばたく時／人々はどんなにお前を讃美することだろう／極楽鳥のように幸を約束する鳥よ／はばたけ、はばたけ。

反戦思想に照射されている焦点は、詩の題名の「黒い卵」であろう。このことに関して伊藤氏は、「自由、自発の意志の尊重を掲げたアナキズムの旗印「黒」を象徴カラーとして、[注34]」と指摘している。前述したように吉田氏も黒い卵、黒い思想と示唆している。また、水島裕雅氏は、「栗原の「鳥」は「飛翔＝自由」の象徴として歌われることが多く、またリーダーのいない秩序として鳥族はアナキズムの理想を表しているようである。[注35]」と指摘している。アナキズムの信条は、「自由発意と自由合意にもとづく無権力社会」である。いわゆる権力を持たない思想主義であることは、支配する者のいない、リーダーを持たない、「自由、自発の意志」を尊重する立場である。戦時下において日本国民は権力の下、戦意高騰のため一色に塗られた。その中において「自由、自発」は反権力、戦争批判を意味している。貞子は、自由と愛と戦いのない平和の社会を希求していた。しかし、その思想も「卵」であるとし未熟者、未発達な者としている。

詩の冒頭の「私の想念は無精卵のように、」との語句においては、現実に育たないと意識しながらかも、育つかも分からない可能性に賭けていることは、続く「現実の雛とはならないのか、」、「飛ぶ日は来ないのか、」の語句から疑問ではなく反語的にその様なことは無い、強い希望、期待を先立てながら詠み挙げようとしていることからもわかる。この詩の主想は、「極楽鳥のように幸を約束する鳥よ／はばたけ、はばたけ。」にある。思想ゆえに抑圧、圧制の中、地獄のような現状であることから、苦しみや禍の無い真逆の極楽とし、自由に飛べる極楽鳥は、貞子の投影である。「はばたけ、はばたけ。」と命令調に、力強いリズムのリフレインは、抑圧からの強い解放、願望である。

貞子の内奥は、未来への希望と解放への希求である。反戦思想に立脚するがゆえ、出口のない部屋とも感じる環境に置かれていた。外部から遮断され、不安な色から希望の光へと移行することは、貞子の一途な思いである。希望を持ち自己の解放という可能性、向日性がある。それは、まさに生産的かつ創造的な発想である。

「黒い卵」の論点として黒い卵は、重ねていうが、貞子の内面における抑圧された心情の深層に照明を当てることから、未来、希望に向かって行こうとする確固たる向日性を表した作品と受け止められる。

第五節　詩歌集『黒い卵』の意義

『黒い卵』の詩編の部分では、冒頭に「黒い卵」、最終に「つる草」が掲載されている。このことは、貞子にとって何かの意図があったと考え、このことについても考察していく。

まず、貞子の引用文から『黒い卵』の意義について考察する。

詩歌集『黒い卵』の冒頭の詩「黒い卵」や、「季節はずれ」「手紙」「日向ぼっこをしながら」などの詩は、私の反戦思想の基になっている思想的立場を意味する作品である。[注36]

この記述から貞子の反戦思想の基になっている詩「黒い卵」、「季節はずれ」、「手紙」、「日向ぼっこをしながら」において、思想的立場がどのように表現化されているかを考察していく。なお、「黒い卵」は先で述べたためここでは省略する。

「季節はずれ」は『栗原貞子全詩篇』において「二十年十二月六日　あたゝかい日菜園にて」とあり、引用する。

わたしは或る日わたしの菜園にそっと種子をまいた。／でもいくら経っても芽は出なかった。／わたしはとう〱まちきれなくなって／そっと鍬で掘って見たけれど／種子らしいものさえなかった。／わたしはあまり不思議なので／老いた農夫にきいて見た。／「それは奥さん無理ですよ、季節はずれですもの」／わたしはこの言葉に何か天の啓示にも似たものを感じながら／わたしの愚かさを寂しく思った。

この作品は、戦後のあたたかい農園にて詩作されたものである。「種」は、自分の信念とする「自由発意」を象徴している。ここに、時代はどうであろうとも、「種」を蒔き続けるという積極的、向日性がある。「黒い卵」の「卵」と「季節はずれ」の「種子」は殻の中に命があるという共通点がある。「黒い卵」は自由な時代が到来し、命を育んで飛び立つが、「季節はずれ」の「種子」は命があっても死んで何の痕跡もない。「黒い卵」と対照的である。「天の啓示」とは、「種子」をまくのも時があり、時を間違えれば発芽するどころか死んでしまう。全てにおいて時があること。これを「天の啓示」と詠んだのであろう。時代の在り方というものを考慮しないで、自分の一貫した主義、自己中心を主張して「天の啓示」を考慮していなかったことから、次の語句に「わたしの愚かさを寂しく思った。」と詠んでいる。この語から貞子の真摯な人生態度が透けて見え、さらに、人間的成長が窺える。

次に「手紙」を引用する。「―ピーター・クロポトキンに送る―」と副題が付いている。

私が書きさえすれば／無為自然の支那の友達へでも／遠い、アフリカの素朴な黒い兄弟へも／北方のグリーランドへでも／ニューヨークの雑踏する街の中へも／運んで行ってくれる万国郵便法。／人間と人間を結合させずには置くものかと／戦争をしあっている国々へさえ手紙を運んで行く／あゝお前は世界を結ぶ血脈だ。／そしてお前を支配するものは／アメリカ人の一人でもなければ、／ロシア人の一人でもない／国々が相談しあい、話しあって／連合した最初の美しい出発だ。／世界中の友よ、／縦に横に連合しよう。／お互いに話しあい／相談しあって自由に連合しよう／あ、その時だ／地上の一切の忌まわしきもの／けがれたるものの／影をひそめるのは。

アナキストの「ピーター・クロポトキンに送る」このことだけで既に反戦思想を示唆し、詩の冒頭から「私が書きさえすれば」と「自由発意」を詠んでいることからも反戦思想である。手紙は、相談しあい話し合って人間と人間を結合させ世界を結ぶ手段であるとし、さらに、手紙は、南はアフリカ、北はグリーランド、世界中の国々や大都会の雑踏の中へでも届けられる。万国共通の国際郵便である。微視的に個人対個人の関係を見据えるだけでなく、紙切れであっても手紙は、巨視的に国と国との連合を呼びかけ、国を動かすことが出来る偉大な存在であり自由合意として捉え、反戦思想と見ることが出来る。

次に、「日向ぼっこをしながら」（一八・二）を引用する。

ダイオゲネスが皇帝に向かって「そこを除けてくれ蔭になるから」と言った時の／太陽は丁度今日のように／やさしく暖かく輝いていたのかも知れない。／絢爛たる皇帝の服をまとったアレキサンダー。／それにつゞく無駄な長い行列と／ボロ服を着たダイオゲネスを太陽は同じようにやわらかく照していた。／だのに一方は太陽に無感覚になり／一方はじかに太陽を感じている。／私はしみじみと初春の太陽を全身に浴びながら／その時の皇帝のみじめさを思った。

ダイオゲネスは、古代ギリシャの哲学者である。詩の冒頭から身分の上下の構造が窺える。太陽の恵みは、身分の上下に関係なく平等である故に、太陽の尊厳を肯定している。身分を誇張する絢爛たる服装は、太陽の恵みを受けることが出来ない惨めさを詠み、一方、哲学者であってもボロ服を纏っているダイオゲネスは、太陽の恵みを溢れるばかり受けている。傲慢と謙虚を対比させていることは、戦時下思想一色に塗られている状況において風刺と受け取れ、反戦思想である。

以上これらの詩は、貞子の「反戦思想の基になっている思想的立場を意味する作品」であることがわかる。

「つる草」を引用する。なお、『黒い卵』の最終部に掲載されている詩である。

支柱さえ強く高ければ／天へもとゞく草です。／かよわくて直立は出来なくても／想いめぐり／想いめぐり／めぐりつゞけて伸びて行くのです／／だが風が激しく吹きまくる晩／わたしは支柱と一緒に吹き倒れそうでした。／不安な想いで／いちずにすがればすがるほど／支柱はたよりなくて／ついには永い間／めぐりめぐらせていた想いをほぐして／離れようとさえするのでした。／／けれど、やがて朝が来て／太陽がやさしくほゝえむ時／しみぐ\と支柱に安住している／幸いを感じるのでした。／／わたしは弱い蔓草です／でも支柱さえ高く強ければ／天へもとゞく草なのです。

この詩は、冒頭と終結部に「支柱さえ強く高ければ／天へもとゞく草です。」と詠まれ自分だけではどうにもならない弱さゆえ支柱を全面的に信頼している。では、この支柱とは何であろうか。『黒い卵』の意義を考えるならば、思想と読み取れるが、さらに強い意志、戦時下においての平和を願う庶民の思いともいえるだろうか。未来に向かっていく心情の核としてある言葉がこの「支柱」だといっても過言ではないと解する。これらのことから「天へもとゞく草なのです。」の語句は、先を見据えながら前に向かって行く可能性、生命力を信じながら、自分の方向性を指し示す草といえる。

「黒い卵」は、「はばたけ、はばたけ。」と強い願望、未来を詠み、「つる草」は、可能性、生命力の謳歌が詠まれている。このことから「黒い卵」と「つる草」は、『黒い卵』の「はじめ」と「おわり」を飾る詩として呼応しているように考えられる。

第六節　貞子の固有性

第四節において、水島氏、伊藤氏、吉田氏の三氏は貞子をアナキストと示唆していると述べた。しかし、貞子自身が自らをアナキストと明言していないことから、検証が必要と考え考察していく。

昭和二十一年三月十八日と記している『黒い卵（完全版）』の「はしがき」には次のような記述がある。

細田先生が「無限の愛を歌うべき詩」と云って下さるのに、私はいつも無限の愛を求めて慟哭している。[注37]

細田氏がいう「無限の愛を歌うべき詩」とは如何なるものか、『黒い卵（完全版）』の中に表現化された愛の詩の配列順に考察する。

「愛」を引用する。（詩作時不明）

私の愛の感度は／きりぎりすの触覚のように／せん細に前方に伸びていた。（後略）

敏感で、繊細な「愛」を求めている。安売りの「愛」でなく他の人が気付くことなく見過ごしてしまうような深い崇高な「愛」である。

「日々」を引用する。（詩作時不明）

（前略）「おーい」私はすべての人達に呼びかけたいような／もりあがって来る愛情を／意識する

全ての人に呼びかけたいような「愛」の思いが、自ずと湧き上がり、貞子自身それを意識していると考えるならばそれは、究極の「愛」であると考えられる。

「新春に想う」（一八・元旦）を引用する。

（前略）あゝいつの日か世界はみんな一となり一人のこらず／新しい年の始めの宴にのぞみ／愛情こめて「今年も仲よく」と挨拶交わさん。／かゝる日の来るまで太陽も暗し。

平和の日に向けられた揺るぎない想いと希望は、貞子の強い平和主義を根差している。挨拶一つにしても愛情を込めていることが確認できる。ここに敏感ともいうべき平和思想の「愛」が詠まれていることが明らかである。

貞子がいう「私はいつも無限の愛を求めて慟哭している」というあり様を表現化した詩「疲労」（二二・三・一五）を引用する。

人間の愛情につかれたわたしは／裏畑の菜園に行く、／小さいチシャの畝はソネットのように愛らしく／みどり明るい菜の色は私の疲れた心を／落ちつかせる。／過剰な感情生活から来る疲労が／誰も彼もに嫌悪を感じさせているこの頃、／友よ、もう美しいおしゃべりはよして下さい。／そしてわたしのハートをかき立てないで下さい、／わたしは一人でじっとしていたいのです。

この詩は、貞子が愛を称賛、讃美しながらも、日常の煩雑さの中にあって現実には可能とならない「愛」、また、疲れるほどの「愛」、さらなる高みをめざしての「愛」について、「私はいつも無限の愛を求めて慟哭している」とのあり様を表現化した作品であると考える。

貞子像を複合的、立体的にとらえるならば、アーナキズムの心情である全ての権力を否定し「自由自発、自由合意」を根底に据えそれに加え、切実な願いである「愛」の希求があると提言する。

おわりに

本章において詩「黒い卵」が詩作された時期は、戦時下であり、詩歌集『黒い卵』が発刊された時期は、特異的な占領下の支配の時代背景があることを述べてきた。『黒い卵』は占領下での発行であったことから、検閲により、詩一編が部分削除、二編が完全削除、短歌一一首が削除され、さらに、貞子自身によって短歌九首を削除した上での発刊であった。その三〇年後、占領時代のことを研究している袖井氏が『黒い卵』の原型を発掘し、堀場氏が、そのコピーを貞子に渡した。削除された作品と自ら削除した作品を加え、完全版として復刊したその経緯を明らかにした。

検閲において削除されたそれぞれの作品について、検閲された意味を読み取りながら考察した。詩歌集『黒い卵』の意義は、貞子が、「反戦思想の基になっている思想的立場」と明言していることから、それらの作品について解釈した。『黒い卵』は、戦時下と占領下の言論、思想の不自由の中で、読者に投げかけ、歴史について、ひいては戦争がもたらすものを思考する素材とし、反戦の立場から平和と自由を求めてやまない貞子の深層が表現化されている。その証拠に戦争賛美の歌や詩は一編もない。もし、戦時下での発刊であったら治安維持法や天皇に対する不敬罪にされる作品である。それだけにこの『黒い卵』は意義がある。

詩「黒い卵」は、「人間の尊厳を重視する立場」でもって自由が到来することを懇願しながら、厳しい思想監視の中、自分の内奥をひっそりと書き、いつの日か発表できることを夢見て詩作された。いわゆる苦悩は一編の詩となって発生し、救済への願望であったといえる。

先行研究において、「黒い卵」がアナーキズムの思想を示唆された心象の作品であると指摘されている。本章において貞子は、アナーキズムの信条である「全ての権力を否定」することと「自由発意、自由合意」の姿勢を根底に据えつつも、それに加えて、切実な「愛」への希求があることを結論づけた。

戦時下において反社会性の隠れた思いを表白している詩「黒い卵」を、戦後の検閲の中、詩歌集『黒い卵』を発刊したことは、評価でき、貴重なものとされる。また、『中国文化』（原子爆弾特集号）について貞子自身の記述があるので引用する。

国際的にも国内的にも原爆反対の声が表面化したのは、二十三年から二十四年の頃だったのである。（中略）中央の出版物にも原爆の記事は、皆無と言ってよい状態だった。こうした情況のなかで、二十一年三月と言う時期に、（中略）「中国文化」（ママ）の原子爆弾特集号の発行は無意味ではなかったと言えよう。[注38]

引用文では、『中国文化』のことを述べているが、『中国文化』より『黒い卵』の発刊は五ケ月遅いだけである故、同時期と考える。『黒い卵』発刊当時は、検閲のため、原爆物は皆無といってよい時代である。困難の中、原爆の実状、平和に全精力を注いで、発刊したことは、貞子が述べているように意義があり、評価できる詩歌集であるといえる。「黒い卵」は、抑圧と圧制の辛苦の中で、「未来」を模索したなかで、強靭な思想としなやかな表現によって生みだされ、貞子の原像がひそめられている詩と結論づけられる。

注

1 『中国文化』（原子爆弾特集号）発行人・栗原唯一　編集・栗原貞子　一九四六年三月。
2 栗原貞子『黒い卵（完全版）』人文書院　一九八三年七月　三頁。
3 吉田欣一「栗原貞子の詩行動について」『日本現代詩文庫　17　栗原貞子詩集』土曜美術社　一九八四年七月　一四六頁。
4 伊藤眞理子「栗原貞子の作品から一つを挙げれば「黒い卵」」『栗原貞子を語る　一度目はあやまちでも』広島に文学館を！市民の会　二〇〇六年七月　六〇頁。
5 注2に同じ。一一五頁。
6 増岡敏和『増岡敏和　八月の詩人』東邦出版社　一九七〇年八月　一三頁。
7 岩崎健二『風のように炎のように　峠三吉』汐文社　一九九三年六月　三八頁。
8 栗原貞子『問われるヒロシマ』三一書房　一九九二年六月　二三三頁。
9 栗原貞子「光のあるうちに」『世界』一九六四年八月号　第二二四号　岩波書店　一九六四年八月　一三七〜一三八頁。
10 注2に同じ。一三頁。
11 栗原貞子「文学者の戦争責任―アジアの文学者ヒロシマ会議を前に」『月刊社会党』一九八三年八月号　第三二七号　日本社会党中央本部機関紙局　一九八三年八月　一六七頁。
12 栗原貞子『栗原貞子全詩篇』土曜美術社　二〇〇五年七月　五頁。

13 内藤みどり「行動的な祖母でした」『人類が滅びぬ前に　栗原貞子生誕百年記念』広島文学資料保全の会　二〇一四年一月　一二八頁。
14 伊藤成彦「栗原貞子の世界　―栗原書簡の背景」注13に同じ。　三九～四四頁。
15 細田民樹「序」注2に同じ。　一〇頁。
16 注2に同じ。　一〇～一一頁。
17 注2に同じ。　一一七頁。
18 注2に同じ。　一一五頁。
19 栗原唯一「『中国文化』発刊並に原子爆弾特輯について」『中国文化』原子爆弾特集号復刻並に抜き刷り（二号～一八号）編集発行人・栗原貞子　一九八一年五月　一頁。
20 注2に同じ。　一一九頁。
21 注2に同じ。　右同頁。
22 栗原貞子『ヒロシマの原風景を抱いて』未来社　一九七五年七月　二〇八頁。
23 細川正「人物風土記　社会主義者の群像　広島　平和と社会主義をひたすら求めつづけて」『月刊社会党』一九八六年四月号　第三六二号　日本社会党中央本部機関紙局　一九八六年四月　一二八頁。
24 栗原貞子『核・天皇・被爆者』三一書書房　一九七八年七月　六四頁。
25 注2に同じ。　一二二頁。なお、当時の検閲は、便宜上日本は三つの地域に区分されていた。第Ⅰ地区は東京、横浜およびそれから北の諸地域におよび北海道を含んでいた。第Ⅱ地域には名古屋、大阪、松山周辺地域と本州の北陸、諸地域であった。第Ⅲ地域は日本の西部と南部、広島および九州であった。
26 注2に同じ。　四頁。
27 堀場清子『禁じられた原爆体験』岩波書店　一九九五年六月　四三頁。
28 繁沢敦子『原爆と検閲』中央公論新社　二〇一〇年六月　一三九頁。

29　注２に同じ。　一三〇頁。
30　堀場清子「占領下の検閲をみる　―栗原貞子詩歌集『黒い卵』をテキストとして―」『未来』一九二号　未来社　一九八二年九月　一六頁。
31　注２に同じ。　一三一頁。
32　注２に同じ。　右同頁。
33　注27に同じ。　三九頁。
34　伊藤眞理子「栗原貞子の詩と思想」　注４に同じ。　六〇頁。
35　水島裕雅「栗原貞子論―原民喜との比較を中心として―」注４に同じ。　二五頁。
36　注２に同じ。　一三二頁。
37　注２に同じ。　一三頁。
38　栗原貞子『どきゅめんと・ヒロシマ24年　現代の救済』社会新報　一九七〇年四月　一六七頁。

第二章　「生ましめんかな」論
――栗原貞子の原点としての「原爆創生記」を視野に入れて――

はじめに

『詩集　私は広島を証言する』は一九六七年七月、詩集刊行の会から第一版が刊行された。この詩集の第一章において「原爆創生記」と記し次のように述べられているので引用する。

詩集のタイトルでもある「私は広島を証言する」と言う詩は（中略）「生ましめんかな」の詩とともに数多くの出版物に転載され放送でもしばしば朗読された。「原爆で死んだ幸子さん」と共に三つの詩は私の戦後の原点である。（中略）この集は原爆当時の作品を中心に原爆の悲惨にも崩れぬ人間の愛のかなしさ、美しさを軸に原爆のなかゝら立ちあがって行く人々

の姿を原爆創生記とも言うべくこの集にあつめた。[注1]

貞子がいう「生ましめんかな」、「原爆で死んだ幸子さん」、「私は広島を証言する」の三作品を「戦後の原点である」とするならば、原爆の実状を直叙的に凝視し、悲惨にも崩れぬ人間の愛の悲しさ、美しさを主軸に据え、いかなる悲惨の中でも光を見出していこうとする姿勢があることであろう。

本章では貞子が、この三作品を「戦後の原点」としていることから、貞子が三作品を通して見据えた「戦後の原点」の内実について検証していく。

なお、前述した三作品の書誌は次の通りである。

「生ましめんかな」[注2]の詩作は、一九四五（昭和二〇）年八月下旬であり、初出は、『中国文化』創刊号（原子爆弾特集号）に収録され、一九四六（昭和二一）年三月発行された。「原爆で死んだ幸子さん」の詩作は、一九五二（昭和二七）年五月であり、初出は、『原爆詩抄・私は広島を証言する』に収録され、一九五九（昭和三四）年八月発行された。「私は広島を証言する」の詩作は、朝鮮戦争の期間であることから年月不明である。初出は、『原子雲の下より』に収録され、一九五二年九月発行された。

第一節　詩人として姿勢が確立された背景

「序章」で貞子は、夫の栗原唯一がアナキストであり、準禁治産者であることから両親に反対されて出奔した上で結婚したと述べた。唯一は、アナキストとして生きていく運命の過酷さを知っていた。それ故、唯一は、貞子に覚悟を促したが、貞子はそれを自覚してついていったことも述べた。そのため、貞子は、唯一の思想を受け入れていったと考えられる。その裏付けとして次のことが挙げられる。

戦争中秘かに書きとめた、「手紙―ピーター・クロポトキンに送る―」（一九四一・四）という詩がある（ピーター・クロポトキンはロシアのアナキストで著書に『パンの略取』、『田園工場・仕事場』がある）。さらに「戦争とは何か」は、夫婦合作ともいうべき軍国主義に抵抗した反戦詩である。この詩の付記に、「夫の唯一は一九四〇年七月徴用で病院船に軍属として乗り、上海に上陸した時、日本軍人の残虐行為を目撃し、それを私は夫から聞いたのだった」とある。

貞子は、平和を希求して止まなかった当時のことを、「心中ひそかに軍国主義に抵抗し、戦局を語りあってまぬかれ得ぬ敗戦の日を待っていた。[注3]」と記している。この記述から貞子が戦時下においても、常に敗戦を機にして軍国主義体制から解放されるその日を待ちわびていたことが窺える。

娘の眞理子氏は、「十八歳で非国民と言われる社会主義者の唯一と結婚し、極貧のどん底を生き抜いて来た母」[注4]と語っている。貞子は、「社会主義思想」故に世からも親からも見捨てられ、辛苦を嘗め尽くし、苛酷な生活を強いられていた。その体験から、世の中の底辺の人々の心情が理解できていた。これは赤貧の中にあっても希望を失わなかった生き様が決して付け焼き場や借り物の言葉でなく、自ずと培われた姿勢であると推察される。貞子は、惨状の中にも人間として、温かみを見据える詩人の感性と批評家の理性との視点で、戦争をより広く捉えていた。そして、戦時中、戦争賛美という時局下においても、なにものにも束縛されない自由の精神において世情を観照し、世間的な価値に迎合せず、戦争へと突き進む日本を見ていたといえる。自分の人生観や世界観を通して、社会がどう動いているか常に検証して生きていこうとする精神がここにある。

第二節　詩「生ましめんかな」について

詩「生ましめんかな」の成立に関して次のような記述があるので引用する。

原爆でこわれたビルの暗らい地下室で、八月七日の夜、赤ん坊が生まれたと言う話を近所のおばさんから聞いたのは、八月の下旬だった。（中略）全体が死にとり巻かれた状態だったので、その話を聞いた私は、その場面だけが、宗教画のように明るく輝いているように感じられ、深い感動がからだの中を突きぬけた。家にかえってノートの端にひと息に書きつけたのが「生ましめんかな」の詩であった。[注5]

この詩を貞子自身が、「ひと息に書きつけた」といっているように、構成においても一連で収められていることから、貞子の息吹と感動が看取出来る。この詩の素材となったのは、貞子が偶然聞いた話であったが、感性を触発し、「宗教画」のように明るく輝いているように感動したのであろう。

その背景には戦時中、思想ゆえに家族もろとも精神的にも、経済的にも抑圧された苛酷な生活を強いられていた事実があった。そのしがらみから敗戦により解かれ、自由になったものの、その一方で原爆の惨禍は、その自由への解放を打ち砕くものでしかなかった。貞子も被爆者であったことから、壊れたビルの地下室で赤ん坊が生まれた実話は、その場面だけが「宗教画」と書きつけている通り視座を定め詩作への契機となったと窺える。

小松弘愛氏は、このことに関連して次のように述べているので引用する。

・この産婆さん、三好ウメヨさんという方は、その夜死んだのではなく、戦後二〇数年生きのび、一九七一年、六五歳で亡くなっています。

・詩の中の、血まみれのまま死んだ産婆さん、それは、八月六日のヒロシマ、ひいて八月九日のナガサキで、原爆のために亡くなっていった、おびただしい死者たちの象徴的存在として受け止める、ということです。このほうが、作品をよりふくらみのあるもの、広がりのあるものと享受できるはずです。

・作者が強く訴えたいこと、つまりテーマを鮮烈にうち出すための虚構の導入ということになりましょう。（中略）作品は事実の単なる記述にあるのではなく、想像力によって真実にせまるものだ、ということになりましょうから。[注6]

「生ましめんかな」の産婆は、事実としては生きていた。産婆は血まみれのまま死んだことにしたことへの解釈として小松氏は、「想像力によって真実にせまるものだ」と述べている。つまり、この詩は、産婆が死んだことで感動がひとしお湧き上がるように構築されている。さらに、フィクションの要素が組み込まれることで、「死」と「生」について事実よりもさらにその虚構性をもって感動が生まれたと考えられる。

貞子は、「生ましめんかな」を発表した後、この象徴的な事実は、一体何を意味するのであろうかと思考し、結論づけた文章があるので、次に引用する。

・暗い地下室で生まれた赤ん坊とは一体何なのだろう。それはアジア侵略の十五年戦争の暗い時代の末期に原爆が投下され、廃墟の中から生まれた世界平和の希望を意味するヒロシマであったことに気づかされたのだった。では、血まみれのまま暁を待たず死んだ産婆さんとは一体何を意味するものであろうか。それは八月六日の平和を待たずに死んでいった二十万の被爆者を意味するのではないか。二十万の被爆者が死ぬことによって世界平和の希望であるヒロシマが生まれたのであった。[注7]

・結末の「生ましめんかな」「生ましめんかな」のリフレインは地下室の被爆者たちの唱和であるとともに戦争や原爆のない平和な世界を生ませようというヒロシマの大合唱でもある。[注8]

この詩は、象徴的であり、素朴なだけに読み手によって様々に解釈される。貞子は、何のための戦争か、戦争がもたらす空しさ、喪失感の中で死んでいった、あまたの死者たちによって平和は生まれたのだと述べている。さらに、「死を無駄にするな」と死者たちからのメッセージを伝え、何としても「戦争や原爆のない平和な世界を生ませよう」という恒久平和が、地上に実現させなければと訴えている。

黒古一夫氏は、『日本の原爆記録⑯』（一九九一）の中で「〈死〉を冷厳と凝視めながら〈生〉を肯定していくリアリズムにこの詩は貫かれており、それが読む者の感動を誘うのである。」と述べている。

「生ましめんかな　―原子爆弾秘話―」（二十・十一・二十五）を引用する。

こわれたビルディングの地下室の夜であった。／原子爆弾の負傷者達は／くらいローソク一本ない地下室を／うずめていっぱいだった。／生ぐさい血の臭い、死臭、汗くさい人いきれ、うめき声。／その中から不思議な声がきこえて来た。／「赤ん坊が生まれる」と云うのだ。／この地獄の底のような地下室で今、若い女が／産気づいているのだ。／マッチ一本ないくらがりの中でどうしたらいいのだろう。／人々は自分の痛みを忘れて気づかった。／と、「私が産婆です。私が生ませましょう」／と云ったのは、さっきまでうめいていた重傷者だ。／かくてくらがりの地獄の底で新しい生命は生まれた。／かくてあかつきを待たず産婆は血まみれのまま死んだ。／生ましめんかな／生ましめんかな／己が命捨つとも詩は、夜から始まり、暁に終わる。終わりの中に始まりが内蔵され、夜から朝に通じたのだ。当然のことであり日常のことであるが、地下室では非日常が起こった。非日常であった事実が詩「生ましめんかな」を誕生させた。貞子は、地獄のような惨状の中での「赤子の誕生」を「宗教画」のように耀きとして定位させた。暗闇だからこそ、闇の中の耀きは「希望」となった。「死」(暗)を乗り越えての「生」(明)であるため「明」が浮き彫りになっている。「明」が強調され希望であったからこそこの詩は、多くの人に称賛された。

技巧的にみると、この詩は「…た。…だ。…た。」と「た」が五回「だ」が四回と断定的な過去形の語法が末尾にある。さらに、「…」の語を強調させていると窺える。詩の結文「生ましめんかな/生ましめんかな/己が命捨つとも」という、リフレイン、倒置法、文語体表現は、重量感があり、様々な技巧を駆使することによって存在感を醸し出している。また、そこには死にゆく者の気高さと、生まれ来る者へ託す平和の願いがある。赤子の誕生によって未来への希望を示し、産婆の使命感が読み手を惹き付けており、さらに、詩の構造、表現においても未来への希望、人間の賛美を表し、貞子の豊饒な語彙と詩へのこだわりが垣間見え、芸術性が窺える。

一人の死、誕生にはこれほどのドラマがあり命の尊厳がある。しかし、戦争での大量破壊兵器において、尊厳もなく虫けらのように扱われている死と対比させ命の尊厳、平和の尊さを謳い上げている。原爆の実状を凝視し、いかなる悲惨の中でも光を見出そうとするここに貞子のいう

「戦後の原点」が窺える。

この詩は、戦後すぐに詩作された事にも注目したい。貞子たちは、戦時下において非合理を合理とし、合理を非合理とし、聖戦完遂の名の下で弾圧され、自由を奪われていた。敗戦は、戦争の谷間で抑圧されていた現状から、一瞬に解放された喜びであったであろう。このような作者の精神に、「宗教画」のような一条の光がさしたと考えられる。貞子の自由を実感する解放感と、作品を発表したい情熱が原動力になり「生ましめんかな」は『中国文化』の創刊を飾る詩となったのである。ここに、貞子の原爆詩人の出発点が確認できる。また、この詩は、世界各国に翻訳され、作曲され、歌唱され、ドラマ化され、教科書に採用された。このことは、被爆者がその悲惨にも敗けず、人間として立ち上がっていくヒューマニズム思想を描き出されているからである。いわゆる、原爆を乗り越えて生きていく人間の気高さ、強さ、逞しさの人間讃歌への詩であるからといえる。「生ましめんかな」は様々な形で受容され、享受され栗原貞子の名を広め、威名となった作品である。

第三節　詩「原爆で死んだ幸子さん」について

詩「原爆で死んだ幸子さん」は貞子の実体験をもとに詩作されたものである。[注9]「原爆で死んだ幸子さん」に関連して、貞子自身次のように記述しているので引用する。

・たった一人の子供が八月六日の朝トマトを食べたいとせがんだのに、与えないで学校に出して、それなり原爆で焼き殺されてしまったお母さんの深い嘆き（中略）これは沢山のヒロシマのお母さんの嘆きに通じるものでございます。[注10]

・死んだわが子の顔を見てやることもできないお母さんの嘆き。私は、幸子さんのことを思うたびに世界中のお母さんに向かって叫びたい思いです。「お母さん、あなたの子どもを、幸子さんのように死なせてもいいですか」と。[注11]

・生む性を持った女は原爆被爆のただ中でも子どもを生まねばなりません。戦争で最も苦しむのは母と子であります。生む性を持ち、生命を生み育てる女は何よりも平和を要求します。平和なくしては生命を生み育てることができないからです。[注12]

貞子は、戦争で一番被害を受けるのは母と子であり、かけがえの無い我が子に幸子さんのような死を、二度とさせてはならないと世界中の母親へ訴えている。

「原爆で死んだ幸子さん」（一九五二・五・二五）を引用する。

硫黄島陥ち／沖縄玉砕し／空っぽの骨箱もかえらず／国中の街々は黒く焼け払われ／その上に／青い空が森閑としずもる／一九四五年八月六日。／あなたは綿の入った防空頭巾を／肩にかけ／強制疎開の家屋の破壊作業に動員された／／突然／きらめく青い閃光／ビルが崩れる／炎が燃える／渦巻く煙のなか／たれ下った電線の下をくぐりながら／逃げて行く人の群。／／あの日から三日目の晩／あなたは死体になってかえって来た。／空襲警報に入ったなり／解除されない暗い夜。／闇夜のなかで広島が赤く燃えている。／日本全土がお通夜のような敗戦の／その前夜。／防空幕で遮閉した暗い部屋。／仏壇の前にねかされたあなたの顔に／白いハンカチがかけてある。／／たそがれどき／既に発狂した罹災者たちは／獣のようにおらびながら／教室のなかを馳け廻り／仁王のように火ぶくれた人間が／生きながら死臭を発してうめいていた。／己斐小学校の収容所の土間、／ぼろ布を並べたような死体のなか／鉄製の認識表でやっとわかったあなた。／あなたの顔に／誰がかけたのか白いハンカチが／かけてあった。／そのハンカチは焼け爛れた顔に／ぴったりくっついて離れはしない。／／女学校三年生、／今度の戦争の意味さえ知らず／花咲かぬまゝ死んで行った幸子さん。／あなたのお母さんは／あなたの皮膚に焦げついて／ぼろぼろに焼けた防空服の上に／真新しい花模様の白い浴衣を／着せかけた。／「縫ったまゝ戦争で一日も着せて／やる日がなかった」と／あなたを抱いたまゝ崩れて泣いた。

『栗原貞子全詩篇』（八三頁）に「戦災者収容所に死体を引き取りに行く」と題され、「原爆で死んだ幸子さん」のもとになった短歌が二首あるので引用する。

二日まり探せば空しき乙女子の　ついに死体となりて分りぬ
その母をいたわりにつゝ亡きがらを　受け取りにゆく戦禍の街に

この二首は、「Ⅱ原子爆弾投下直後の「一ノート「あけくれの歌」から」に記されている。さらに、幸子さんのことが、貞子の脳裏に焼き付けられ、よほどの思いがあったのであろうか、『栗原貞子全詩篇』一七三頁に小品として「世界の母へ」と題して幸子さんのことを記述している。

詩「原爆で死んだ幸子さん」は、幸子さんの遺体を引き取りに行った日から、約七年の歳月が流れてから書かれたものである。「生ましめんかな」は、人から聞いた話であることから、想像の中で一気に詩作されたように窺える一連の構成の詩である。「原爆で死んだ幸子さん」の構成に至るまで、前述ように、短歌に詠み、散文に書いていることから、何度も反芻し、推敲され、脳裡に審美眼をもって状況を再構築したことと解せる。

この詩の構成において、一連は、第二次世界大戦の実状と幸子さんの八月六日当日の様子。二連に進むと原爆投下時の状況。三連は、幸子さんを詳細に描写されている。四連では、貞子が己斐小学校で見た原爆の悲惨、惨状が詠まれ、五連に進むとまたしても幸子さんの現状が示された上で、「母」による抱擁と愛する者を理不尽に奪われた「母」の悲しみによる涙が詠まれている。原爆の惨劇の不条理を読者に突き付け叙事詩のなかにも、「母」の愛と悲しみが込められることによって、抒情詩としても読者に訴えていると理解できる。前述したように貞子は、我が子を死に追いやった経験がある。それ故、我が子を失った嘆き悲しみが、幸子さんのお母さんの悲しみ、深い嘆きと重ね合わされたと考えられる。

この詩は、「硫黄島陥ち／沖縄玉砕し／空っぽの骨箱もかえらず」という冒頭の描写において、貞子が戦争という悪の絶対値を体感した言葉が詠まれている。貞子が、「私は、戦争体験をバネにしまして平和創造について報告したいと思います。[注13]」と記述していることからも窺える。従って、戦争に対しての空しさ、憤り、怒りを詠んでいる。

原爆は、無人の野原に落とされたのではない。人間の頭上に炸裂したのである。その下には、つつましくとも心和む市井の人たちの家族の暮らしがあった。幸子さんは母に抱かれたが、今だに遺骨すら家族の元に帰らないものも多い。戦争とは、原爆とは、将来の夢多き女学生の上にも悲劇を容赦なく降りそそぎ、その死は、家族の者を悲嘆へと引きずり込む。貞子は、戦争の不条理、無慈悲、残忍性、非人間性への激しい怒りと憤懣をもって訴えている。しかし、ここで注目する詩句がある。「あなたのお母さんは」、「真新しい花模様の白い浴衣を／着せかけた。／「縫ったまゝ戦争で一日も着せて／やる日がなかった」と／あなたを抱いたまゝ崩れて泣いた。」この描写に至るまでの幸子さんの遺体は、「鉄製の認識表でやっとわかったあなた。」、「そのハンカチは焼け爛れた顔に／ぴったりくっついて離れはしない。」、「あなたの皮膚に焦げついて／ぼろぼろに焼けた防空服の上に」の詩句から遺体の損傷がひどいことがわかる。ここに原爆の悲惨を詠んでいる。戦時下において、「贅沢は敵」とスローガンを掲げられていたことから、縫ったまゝ一度も手を通すことのできなかった「浴衣」。浴衣一枚も自由に着ることのできない戦争の非人間性を詠んでいる。世情はどうであろうとも、母として着せてやればとの後悔の面もあったといえないだろうか。死臭がし、損傷がひどく冷たくなった遺体を抱いて泣き崩れた描写は、花咲かぬまま死んだわが子への不憫な思い、理不尽に奪われた母の自愛、悲しさ、美しさが十分に描かれている。ここに貞子のいう原爆の実状を凝視し、戦争の不条理、非人間性のあり様を詠んだ「戦後の原点」が窺える。

第四節　詩「私は広島を証言する」について

『詩集　私は広島を証言する』のまえがきに次のような記述があるので引用する。

原爆の作品を書いた人たちは原民喜を始め、峠三吉、川手健、大田洋子、正田篠枝、美濃綾子、それぞれの容で生涯を閉じました。原民喜、川手健の自殺はいたましく今も、私たちの胸に刺さりますが、正田篠枝、美濃綾子の死は、肉体を放射能に喰い荒され、骨まで浸蝕されながら、最後まで「生きたかりけり」と生の執念を持っていただけに、かなしさもひとしおです。[注14]

原民喜は、被爆後の惨状を『夏の花』に書き、川手健は、広島大学の学生時代、峠三吉と活動を共にし、山代巴と『原爆に生きて』を出版した。峠三吉は『原爆詩集』を出版し、さらに、叙事詩をとの希望を持ち、健康を得るため手術するが、手術台の上で死亡した。大田洋子は『屍の街』、『夕凪の街と人と』その他、原爆を扱った作品を書くが「原爆を売り物にするな」と批判され遂に挫折し、精神を病み東大の精神科へ入院し回復するものの、旅先において心臓麻痺で死亡した。正田篠枝は、検閲の中、死刑になってもいいと短歌集『さんげ』を出版した。美濃綾子は、実姉が一児を残し被爆死し、その子を引きとり洋裁の内職をしながら『広島文学』、『ひろしまの河』などに体験記を投稿した。このように原爆文学は、小説、詩、短歌と様々なジャンルで残されている。「被爆者」という共通した精神の支柱を置いた仲間、あるいは同志の多くがこの世から去った事は、死によって閉ざされた遺恨を独りだけ生き残った貞子に、託され、重圧となった。それに、原爆文学は当時、原爆物、広島物と揶揄されていた。原爆文学は、林京子氏の『祭りの場』が一九七五（昭和五〇）年芥川賞を受賞したことによって、初めて市民権を得たとされている。「私は広島を証言する」は、貞子を取り巻く世相、峻厳な検閲を見据え、孤軍奮闘し、なんとしても原爆の実情を、証言しなければという堅固な決意が込められた詩であると解する。

また、「この詩は、第五回原水禁世界大会の開会総会で、安井理事長が慰霊碑の前で朗読され、聴衆に強い感動をあたえました。[注15]」このことは、平和を求める時局にあった原水協の皆の思いを代弁した詩であった故、感動を与えたのであろう。

「私は広島を証言する」を発表した頃の状況を回想した貞子による記述を次に引用する。

・この詩は一九五〇年六月に始まった朝鮮戦争当時に書いた作品です。[注16]

・「私は広島を証言する」は占領と朝鮮戦争が重なってもっともきびしい弾圧下で書いた作

品である。峠三吉は「一九五〇年八月六日」の詩で「走りよってくる。走りよってくる。腰のピストルを押えた警官が走りよってくる。」と、朝鮮戦争下の警官包囲の平和集会についてうたっている。[注17]

・朝鮮戦争のきびしい言論弾圧とそれを敢えてする決意がなくては原爆についてふれることのできなかったことを意味する作品である。その頃、総合雑誌「世界(ママ)」の読者が、警察にリストされるという、今では信じられない状況があった。[注18]

・占領軍の検閲制度がいったん緩和された後、朝鮮戦争で再び言語統制が強化され、ゲンバクのゲの字も言えないと言った当時の作品で、峠三吉編アンソロジー『原子雲の下より』の詩集に、八島藤子のペンネームで発表した。[注19]

・「朝鮮戦争の時と、検閲のはじめが一番恐かった」と、栗原さんはいわれた。戦争の間、署名をペンネーム「八島藤子」で通したほどに。当時の広島を知る人々は、「ほんまに、あの時は怖かった」と口を揃える。[注20]

・私自身もいくたびか事前、事後の検閲にひっかかって始末書を書いた。[注21]

「八島藤子というペンネーム」が気になる。唯一と二人で発刊した『旬刊　生活新聞』(一九五一年)に投稿している詩においてのペンネームは八島藤子である。一九五一年は、唯一が町会議員に当選した時期である。それ故、実名の栗原貞子で発表できず八島藤子としたのであろうと窺える。また、『原子雲の下より』は、一九五二年九月青木書房から発行されていることから、この場合も、実名では発表できず八島藤子としたと考えられる。

「私は広島を証言する」を引用する。

生き残ったわたしは／何よりも人間でありたいと願い／わけてひとりの母として／頬の赤い幼子や／多くの未来の上にかかる青空が／或日突然ひき裂かれ／かずかずの未来が火刑にされようとしている時／それらの死骸にそそぐ涙を／生きているものの上にそそぎ／何よりも戦争に反対します／母がわが子の死を拒絶するそのことが／何かの名前で罰されようと／わたしの網膜にはあの日の／地獄が焼きついているのです／逃げもかくれもいたしません／／一九四五年八月六日／太陽が輝き始めて間もない時間／人らが敬虔に一日に入ろうとしている時／突然／街は吹きとばされ／人は火ぶくれ／七つの河は死体でうずまった／地獄をかいま見たものが地獄について語るとき／地獄の魔王が呼びかえすと言う／物語りがあったとしても／わたしは生き残った広島の証人として／どこへ行っても証言します／そして「もう戦争はやめよう」と／いのちをこめて歌います。

詩の冒頭に、「生き残ったわたしは／何よりも人間でありたいと願い」の描写からは「人間」であることを切望してやまない心情が読み取れる。被爆死した人は、虫けらのように傷つき殺され、「人間」の尊厳は微塵もなかった。私は虫けらではない。尊厳を持った「人間」である。「人間」であるからこそ、この逆境の時代の中で、人間存在という視野を獲得すべきであると主張している。また、権力にも服従しない、正々堂々と権力に対峙する人間存在としての貞子の強い意志がある。「わたしの網膜にはあの日の／地獄が焼きついているのです」の語は、『証言は忘れない』の中で被爆後二十一年経過しているのに「あの日のことが心の底にこびりついていて、いまも忘れられない。[注22]」と述べていることから詩の語句に使用したのであろうが、この語句は、被爆者全員の思いを代弁している。原爆投下の地獄のような状態が眼に焼き付いている以上、決して我が子の死は容認できないのである。「一九四五年八月六日」は「原爆投下」の日であるが、あえて記さないことで、占領下の言語統制の中、限りなくリアリティーを持って詠み、イメージを喚起する表現とする語句として、「一九四五年八月六日」と詠んだのであろう。

貞子は、詩句「地獄について語るとき」について、次のように述べているので引用する。

「地獄について語る」というのは、原爆の地獄について語ることを意味しています。そして、「地獄の魔王が呼びかえす」というのは、原爆の地獄について語ると、ＧＨＱの検閲官に呼びだされるということを意味しています。占領当時は、一篇の詩をかくにもそれだけの覚悟をしなければなりませんでした。[注23]

この記述から「私は広島を証言する」を、詩作したものの検閲の厳しさを覚悟しなければ発表できなかったことが解せる。なんとしても公表しなければならない堅固たる意志は、貞子の詩人としての使命感、人間の誠意が湧出しての決断であると受け取れる。いわゆる「魂の告白」である。さらに重ねて述べれば、貞子は、検閲の中でも、現状はどうであろうとも原爆の惨事を秘匿、隠蔽しておけなかった。検閲にひっかかるか、ひっかからないか、薄氷を履むが如く、原爆の実状を詩作した。「私は広島を証言する」は、詩の題名からしても「個」が占領軍という「公」に対決して屈しないと、正面から叩きつけた挑戦状である。貞子の並々ならぬ覚悟と決意がさらに窺える。「私は広島を証言する」においては、原爆で生き残った者の使命として、貞子自身が広島の証言者であることを宣言している。このような貞子の姿勢に対して、真壁仁氏は「広島の体験・被害者の課題の積極性をとられているとおもう。[注24]」と指摘している。つまり、原爆を乗り越えて生きる積極性があるとし、悲惨の確認、人間の尊厳を証している点で重要であると述べているのである。さらにいえば、この積極性こそが貞子の未来を切り開いていったと見做せる。

貞子は、自分自身にとっての詩について次のように表白している。

私にとって詩とは他者と断絶した閉鎖的な思考の表現や呪文のような謎ときや、言葉あそびではなく、世界中のすべての人間的な根源に語りかけ核時代に生きる人間として、ともに人間のハートの鼓動を確めあいたい。[注25]

貞子が述べる、「人間のハートの鼓動を確めあいたい」とは、お互いの心臓の鼓動を確認するには距離をおいてはできないため抱擁することであろう。つまり、自分と同じ志である平和を願う人であってほしい、願望だけでなく互いが確認することである。

詩の結文に「わたしは生き残った広島の証人として／どこへ行っても証言します／そして「もう戦争はやめよう」と／いのちをこめて歌います。」の詩句からは、貞子のしたたかさが窺える。戦時下においては、「もう戦争はやめよう」とは口が裂けてもいえない状況であった。占領下においては、「ゲンバクのゲの字」もいえない状況であった。その状況の中で、「歌います」と表現していることに注目するならば、歌には心の響きがあり、不思議な力がある。始めは一人で歌っているかもしれないが、引用文にあるようにお互いのハートの鼓動を感じ「戦争に反対」と大合唱になれば、世の中は変わると希望を見据えてのことと窺える。原爆の実状を凝視し、乗り越えて生きる積極性が貞子のいう「戦後の原点」があるといえる。

おわりに

本章においては、貞子は自らの被爆体験を基に原爆を直叙的に詠んだ「生ましめんかな」、「原爆で死んだ幸子さん」、「私は広島を証言する」の三作品を、自身の「戦後の原点」であると述べていることから考察をした。

「生ましめんかな」は、原爆投下の被害により生きる気力もない地獄のような中での赤子の誕生と産婆の使命感が、多くの人に生きる勇気と希望を与えた。「原爆で死んだ幸子さん」は、当時旧制中学校、女学校の多くの生徒が、動員として駆り出され被爆死した事実があり、被爆死したそれぞれの生徒の母の愛、悲しみ嘆きを謳い上げられている。「私は広島を証言する」は検閲の最も厳しい中にあって原爆の証言者として、「「もう戦争はやめよう」と／いのちをこめて歌います。」と宣言しているところに貞子のしたたかさと個性が窺える。また、戦時下においては「もう戦争はやめよう」と」の言葉は口にはできなかったことから、これまでの抑圧された思いが解き放されて詠まれていると解釈できる。占領下で詩「私は広島を証言する」と発表したことは価値あるものといえる。

「生ましめんかな」、「原爆で死んだ幸子さん」、「私は広島を証言する」の三作品は、被爆の惨状を詠むことによって、戦争とは、原爆とはいかなるものかと読み手に訴え、反戦の思いを込めている。

貞子は、未曽有の原爆の惨劇を目撃体験したことが、貞子を原爆の表現者としての詩人として方向づけた。また、前述した三作品とも叙事詩的内容であるため歴史の語り部ともいえる。事実を淡々と語るが、その反面、貞子は、事実をより深くより美しく想像を膨らませ、読み手の心に分かりやすく語っている。語りかけも、優しい呼びかけであったり、怒りであったり、叫びであったり、祈りであったりする。その思いを明確に刻んだ文章が『ぷれるうど』の中に存在するので引用する。

　詩人にとって詩は自己の存在証明である。戦争中どのように生きたかと言うことと同じように戦後の責任は重大である。[注26]

ここから、貞子の詩に対する気構えは、世情がどうであろうと時代の証言者と位置づけを自負している。貞子の万事真摯に受けとめる人間性が読み取れる。そこには、原爆で生き残った者の責任を受け止め、ぼろ布のように焼き捨てられた死者たちの代弁者となることで、死んだ人たちのために事実を書き残し、次なる世代へ、継承しなければならないとの使命感が根底にある。さらに、生に対する祈念、他方に死者への鎮魂もある。被爆者として暗い絶望に陥るのではなく人間を信じ、未来に立ち向かおうとする姿勢があり、恒久平和を希求する崇高な精神と、「ヒューマニズム精神」が三作品の底辺にある。このことは、原爆の実相を凝視し、語り始めたことが詩人の源流であり、貞子の名実である、「戦後の原点」であると結論づけられる。

注

1 栗原貞子『詩集　私は広島を証言する』詩集刊行の会　一九六七年七月　六頁。

2 栗原貞子『栗原貞子全詩篇』土曜美術社　二〇〇五年七月　八九頁。「作者注　私家版では「生ましめん哉」初出は『中国文化』創刊号（原子爆弾特集号、一九四六・三）。詩の中の地下室は千田町の旧郵（ママ）便局の地下室。『広島詩集・日本を流れる炎の河』に収められた時から表題の「哉」が「かな」と仮名書きにされた。」なお、この著書においては「生ましめんかな」と統一する。

3 栗原貞子「光のあるうちに」『世界』第二二四号　岩波書店　一九六四年八月　一三八頁。

4 栗原眞理子「思い出すまま」『栗原貞子を語る　一度目はあやまちでも』広島に文学館を！市民の会　二〇〇六年七月　九六頁。

5 栗原貞子『どきゅめんと・ヒロシマ24年　現代の救済』社会新報　一九七〇年四月　九頁。

6 小松弘愛「栗原貞子　生ましめんかな　―原子爆弾秘話―」『高知学芸高等学校研究報告』第三十号別冊　一九九一年三月　一一～一二頁。

なお、小松氏が触れている『女性自身』と『中国新聞』の記事に関して次の通りである。

・『女性自身』光文社　一九六七年八月一四日号　四六〜五一頁。「シリーズ人間」の中で「本誌がついに見つけた！原爆詩（生ましめんかな）で死んだはずの人　生きていたあの日の助産婦＝　生れた子、生んだ母、生ましめた人の22年めの対面」と題し記事が掲載された。「最後の陣痛がきて、赤ちゃんが生まれたとき、ちょうど空襲警報で、ロウソクがつけられなくて（あかりが外へもれると空襲の目標になるから）解除になるまでへソの緒をそのままに寝かしておいた。（中略）やっと解除になってそれから木綿糸を五本ほどよりあわせて臍帯をしばって規美子（ウメヨさんの娘当時十二歳）さんが救急袋にいれておいたはさみで切った」と掲載されている。

・『中国新聞』（一九八八・八・二）に「助産婦のヒロシマ6　生ましめんかな　暗い地下室響く産声　重傷の体で必死の手助け」と題し次のように掲載がある。まず産婆さん（三好ウメノ）は、昭和町（現中区平野町）に住んでいたこと。当時（三九歳）であったことが記載され、「背中と腕にやけどを負い体温計の水銀が上がり切る高熱、自分がひん死の重傷なのに、妊婦がいる、産気づいていると聞いたら急に起き上がって…気丈な母だった」と当時中学生で長男の淳夫さんは、記憶している。（中略）貯金局の地下室も避難所になっていて、二、三十人が逃れてきていた。赤ん坊が生まれると聞いて、比較的元気な女性たちも湯を沸かし、無事だった父や男たちは、焼け跡から金だらいやはさみを探し出してきた。みんなが協力した。（中略）母も介助しながらうめいていた。（中略）母はその後も、様子を見ていないと危険だと言って数日間は付き添っていた」と掲載されている。

7　栗原貞子『核時代に生きる』三一書房　一九八二年八月　一〇頁。

8　栗原貞子『問われるヒロシマ』三一書房　一九九二年六月　九七頁。

9　栗原貞子『核・天皇・被爆者』三一書房　一九七八年七月　二一〜二六頁。

引用が長いので幸子さんのことを要約すると次のようになる。

「隣に住む、幸子さんは、被爆当日、疎開作業に出て行った（爆心地から〇・五粁の土橋）。三日目に己斐小学校の収容所で死体になっていると通知があった。幸子さんの父親は、出征中のため、幸子さんの母親と、幸子さんの叔父と、貞子の三人が、一輪車をひいて遺体を引き取りに行った。貞子は、その道中広島市内の悲惨な状況、国民已斐小学校での惨状を目にする。幸子さんの遺体を一輪車に乗せて帰る途中、ゴザに巻いた幸子さんの遺体から体液が出て何とも言えない臭いがした。やっと帰った家の中は、灯火管制のため防空幕で真っ暗であった。座敷は、電灯も遮閉幕で覆われていたが、その下がほんのり明るいだけだった。「お母さんは「こんなむごい幸子は、わたしは受け取ることはできない。受け取ることはできない」といって、はじめてそのときに泣かれました。そして、仕方がないのでその上に花模様の白い浴衣を着せて「幸子さん、許してね。戦争であんたに一度も着せることができなかったけれども、この浴衣を着ていってくださいね」といってお母さんは、幸子さんを抱いたまま、泣きくずれました」となる。

10 注9に同じ。一九〜二〇頁。
11 注9に同じ。二六頁。
12 栗原貞子「平和・被爆・女性」『部落解放ひろしま』第四号　部落解放同盟ひろしま県連合会　一九八六年六月　三一頁。
13 栗原貞子「報告！　憲法をとりでに平和創造を」『月刊社会党』一九八一年五月号　第二九八号　日本社会党中央本部機関紙局　一九八一年五月　一二頁。
14 注1に同じ。四頁。
15 栗原貞子『詩集　核時代の童話』詩集刊行の会　一九八二年三月　五二頁。
16 注15に同じ。同頁。
17 栗原貞子『詩と画で語りつぐ　反核詩画集　ヒロシマ』詩集刊行の会　一九八五年三月　一五頁。
18 栗原貞子『ヒロシマの原風景を抱いて』未来社　一九七五年七月　二二一頁。
19 注1に同じ。同頁。

20 堀場清子「栗原貞子詩歌集『黒い卵』再考」岩波書店　二〇一五年七月　二五六頁。

21 注5に同じ。　一九二頁。

22 栗原貞子「生ましめんかな」『証言は消えない―広島の記録2』中国新聞社編未来社　一九六六年六月　一六六頁。

23「反核・平和・文化を考える―栗原貞子氏の講演から―82・5・7　第2回芸文セミナーにおいて「芦屋市立潮見中二年との交流関連文献」　一〇七頁。　栗原貞子平和記念文庫　ファイル45　広島女学院大学「栗原貞子記念平和文庫」所蔵。

24 真壁仁「怒りの証言」『詩の中にめざめる日本』岩波書店　一九六六年一〇月　七一頁。

25 栗原貞子「他者と私を結ぶ詩を」『詩と絵画　随想集』詩通信社　一九八四年一二月　四一頁。

26 栗原貞子「広島のなかの私」『ぷれるうど』第二五号　大原三八雄　一九六五年七月　一頁。

第三章　詩集『ヒロシマというとき』と詩「ヒロシマというとき」論

――個人史としての『ヒロシマというとき』と被爆者も加害者と提唱した「ヒロシマというとき」――

はじめに

詩集『ヒロシマというとき』は、一九七六（昭和五一）年三月に三一書房から出版されている。それまで貞子は『詩集　私は広島を証言する』、『詩集　ヒロシマ・未来風景』を刊行しているがいずれも私家版である。『ヒロシマというとき』が、三一書房から出版されたことについて貞子は次のように記している。

「ヒロシマというとき（ママ）」は（中略）七六年に三一書房から出版したものです。この詩集は、哲学者の久野収氏が、六八年に「私は広島を証言する」を、朝日新聞の年度ベスト・ファイ

ブに選んでくださって以来の御厚意によるもので、やっと出版ベースにのせられたのでした。[注1]

『ヒロシマというとき』は、出版社からの刊行が初めてであることから、久野氏の厚意もさることながら詩人として世間で認められ、貞子の姿が大きくクローズアップされた意味ある詩集といえる。この詩集の目次に序詩、1原爆創生紀、2日本を流れる炎の河、3死の灰、4失われた夏、5愛と死、6ヒロシマというとき、7同心円、8旗、9原潜以後、10未来への入り口、あとがき　と構成され、一三三編の詩が収められている。この詩集の全体の枠組みを俯瞰してみると、まず、被爆体験があり、日米新安保反対、連続する核実験に反対、ソ連の核を容認せず否と表明したことから孤立へと追いやられた実状、身近な人の死によることで孤立からの回復へと展開している。八五頁の「6ヒロシマというとき」から貞子は、時代の流れへの眼が尖鋭化され「原爆被爆者も加害者である」と提言している。このことによって、この章が、問題意識を基底に構成した分水嶺となっているというべきであろう。この章より以降、ベトナム戦争への批判、核の被害者、ヒロシマ、ナガサキ、核基地の岩国、沖縄へと続き、最終部においての詩「人間の証」（七五・一一・二八）は米・仏同時核実験に抗議してのものである。

詩「ヒロシマというとき」は、一九七四（昭和四九）年三月に刊行された『詩集　ヒロシマ・

未来風景』に収録されたのが初出であり、詩作は一九七二年五月である。その後、貞子の詩集『ヒロシマというとき』、『詩集　核時代の童話』、『詩と画で語りつぐ　反核詩画集　ヒロシマ』やエッセイ集『問われるヒロシマ』などに収載されている。

貞子は、「一九六五年に始まったベ平運のベトナム反戦運動は、新たな運動の視点をきりひらいた。それまでの反戦平和運動は、被害者の立場から、加害者である国家権力を告発する運動であったが、実は被害者であることによって加害者であるという、自己の二重の立場をみとめないわけにはいかなかった。原爆被爆者も又、原爆被害者であると同時に軍都広島の市民として侵略戦争に協力した加害者であった。[注2]」と表明している。

『ヒロシマというとき』は、初めて出版社からの発行の詩集であることから、多くの人の眼に触れることとなり、従って多くの先行研究がある。安藤欣賢氏は、「昭和四〇年代のベ平運動と接触している内に、貞子は日本の加害性に気付いていく。[注3]」と指摘し、また、川口隆行氏は、この詩を評して「日本の戦争責任、加害の問題を語りえた正典と評される。[注4]」、「加害と被害、糾弾と謝罪の交換の論理が強く貫かれている。[注5]」との見解を示している。他に、南坊義道氏[注6]、杉本春生氏[注7]、高橋夏男氏[注8]、吉田欣一氏[注9]、日高六郎氏[注10]、長坂哲夫氏[注11]、岩垂弘氏等[注12]が貞子の提言を首肯し、共感と賛同を表示している。これらのことから「原爆被害者も加害者」であることへの貞子の峻厳な認識こそ考察の根底に見据えなければならないと考えられる。

本章では、その直接的契機について、また、詩作された一九七二年の日本の世情を着目した上で、詩集『ヒロシマというとき』の扉に記載されている「序詞」についても分析し、「ヒロシマというとき」の詩句に改めて注釈を施すことを通して、その輻輳的あり様を射程に考察していく。

第一節　詩「ヒロシマというとき」の課題設定

この詩は、原爆詩人としての原点である「生ましめんかな」から二七年後に発表されている。「生ましめんかな」は、被爆直後の惨事、原爆体験を直叙的に詠んだ時期のものであるが、「ヒロシマというとき」は、現状の中でヒロシマの意味を問い直す作品であるとともに、二七年間闘い抜いた精神のしたたかさを基に現代社会を痛烈に批判した詩でもあるといえよう。『ヒロシマというとき』のあとがきに次のような記述があるので引用する。

この詩集は、変転する戦争史の中で、生き残った一人の被爆体験者が、その体験を通してどのようなおもいで生きて来たかという個人史でもあります。詩集のタイトルである、〈ヒロシマというとき〉は一九六五年に始まったべ平連運動が、「被害者であると同時に加害者である」という、反戦の新しい視点をきりひらいたことにより、原爆被害者もまた、軍都広

島の市民として侵略戦争に協力した加害者としての自身の責任を問う同名の作品名をそのまま用いました。[注13]

貞子は、この詩集を原爆から生き残り、どう生きて来たかの「個人史」であると明言している。また、『問われるヒロシマ』(九二・六)において貞子は、詩「ヒロシマというとき」を次のように述べているので引用する。

この詩は、日本の戦争責任を反省し、戦争放棄の憲法を実行し、核廃絶、軍備の完全撤廃をする以外に世界の人々の友好連帯を得ることはできないということをうたった詩です。[注14]

これらの引用文から詩集『ヒロシマというとき』は、貞子の個人史であり、詩「ヒロシマというとき」は、「戦争責任だけでなくその償いとして、被害と加害の複合的自覚に立ち謝罪してこそ初めて多国間の連帯が可能になる。」と述べている。また、ここまで至った思考の経緯についても、此の詩から読み解かなければならないと考える。詩「ヒロシマというとき」の存在は、衝撃的であり、影響力は多大と考え、また、詩集『ヒロシマというとき』を「個人史」と述べているることから、この詩が詠まれた歴史的、社会的背景を視野に入れ留意しなければならないと考える。

第二節　時代背景としてのベトナム戦争

「はじめ」において述べたが、貞子が触れている通り、この詩の誕生には、ベトナム反戦運動の背景がある。本章における課題を明確化するために、まずは、時代背景となったベトナム戦争について押さえておきたい。

ベトナム戦争は、一九五五（昭和三〇）年から七五年まで二〇年間にわたって続けられたベトナムでの戦争である。なかでも、アメリカが本格的に介入した六一年以降のベトナム戦争は、世界を激しくゆさぶった。日本もその例外ではなかった。貞子は、原爆被爆者として戦争反対の立場から、ベトナム戦争反対運動に加わっていた。しかし日本は、日米安保条約により、アメリカに追従しており、加担しなければならず、日本も当事者であり、「加害者」であって、国として戦争反対だと公言できない立場にあると認めざるを得なかった。

貞子は、ベトナム戦争について次のように述べている。

ベトナム戦争は実は海を隔てたベトナムにあるのではなく、内なるベトナムは私たちの生活の中に起きていると言う認識が起こったのであります。沖縄のB52の基地、佐世保の原潜の問題、八王子のアメリカ軍の野戦病院の問題、この間は九州大学に米軍機が墜落いたしました。そして広島からつい近くの、江田島の秋月、呉・川上弾薬庫の問題、（中略）ベトナムに大量のナパーム弾を打ちこんだり、毒薬を大量にまいてジャングルを焼き、野生の動物を全部焼きつくしたりするような。[注15]

ベトナムは、日本からは、地図上において、遥か遠い国と意識される。しかし、日本の米軍基地からナパーム弾、枯葉剤を積載し、米空軍は機上からベトナムに落下させた。ナパーム爆弾は、ジャングルを焼いただけでなく、民衆の体を焼きその皮膚に、原爆のケロイドに似た痕跡をもたらした。枯葉剤は、植物だけでなく人体にも影響を与え枯葉剤を浴びた人の二世たちにも影響を与えた。このことが、ベトナム戦争は、被爆者に原爆について思い出すことを余儀なくさせた。被爆者とベトナム人は、共にアメリカの新兵器の実験台とされた犠牲者である。両者は、同じ運命の基におかれ、体験した人間同士として深い共感を抱き連帯意識を持つに至った。貞子は、被爆者であることの観点から、ベトナム戦争の有り様を冷静にかつ敏感に捉え立体的、複合的に見聞していくことになった。それ故、貞子にとってベトナムは、遠い国ではなく身近な国となり、無関心、無関係ではいられなかった。貞子がベトナム戦争反対の立場をとっていた具体的な例として、「ヒロシマというとき」を詩作した同年同月に詠んだ詩「炎の署名」が挙げられる。[注16] 作者注として「岩国基地から核の積載機がベトナムに出撃していることが判明、広島べ平連を中心にした平和グループが緊急署名をあつめてアメリカ大使館に持参した署名簿に添付した作品です。」とある。このことは、国内情勢を見聞することによって、観取が一層深まり視点が国際的な方向に向かい、その後の貞子の詩行動が方向づけられていく。

「炎の署名　―ニクソン大統領にあてて―」（七二・五・二二）を引用する。

署名簿のなかから／燃えあがる炎を　ごらん下さい／あの日灼かれたものたちが／「水、水ヲ下サイ」と／焼けつく思いで／もとめた声をきいて下さい／むらがる白い蛆に／傷口を刺され／血膿にまみれて死んだものたちの／うめきを聞いて下さい／何日経っても焦土のほとぼりは／さめず／八月の烈日に　照りつけられ／屍をふんで／親や子や兄弟を／探し求めたものたちが／一滴の水さえ　あたえられぬまま／爛れた犬のように／死んで行ったものたちを思いながら／「平和ヲ　平和ヲ下サイ」と／ひとり　ひとりの／名前を書きつらねたのです／ひとり　ひとりのこえは小さいけれど／このこえは　日本中にひびき／ベトナムにひびき／アメリカにもとどきます／「ベトナムをヒロシマにするな」／「日本の空を」／「日本の海を」／「日本の地を」／今、すぐかえして下さい／「水、水ヲ下サイ」／死者たちの切

ない渇きをこめて／わたしたちは／「平和ヲ　平和ヲ下サイ」と／要求します

この詩は、冒頭にあるように多くの人たちの「署名簿のなかから」を詠み、被爆を体験した者しか分からない被爆時の状況を具現化し、映像化していることによって、臨場感があり、緊迫感がある。被爆死者たちは水を求め、平和を求め、人間の尊厳も無く、のたれ死にした。貞子は、死者たちの命の重み、叫びを詠んでいる。注目するならば「水、水ヲ下サイ」、「平和ヲ　平和ヲ下サイ」はともにカタカナ表記である。「水ヲ下サイ」は原民喜の原爆小景の詩「水ヲ下サイ」[注17]を引用したものであると考えられる。カタカナ表記は、他の語彙と差異化されていることから、強調してのことであろう。水は生命の根源である。平和は世界の根源である。ともに喪失したら、いき着くところは死である。

日本は、日米安全保障条約により、アメリカ軍の駐留、軍事上の施設、基地の使用を認めたため、アメリカの潜水艦や核積載艦は日本の領海を自由に航行し、港に出入りしている。自衛隊のミサイル基地は、日本全土にあり、空も海も陸も米軍の意の儘の状態に侵され、岩国基地から核の積載機がベトナムに出撃している現状である。貞子は、岩国基地から核の積載機がベトナムに出撃していることが判明したことについて、核兵器がベトナム戦争において使用される可能性が、米軍の戦略にあることを危惧し、ベトナムをヒロシマにしてはならないと「『日本の空を』

／「日本の海を」／「日本の地を」／今、すぐかえして下さい」と詠んでいる。水を求め、平和を求めて死んでいった被爆者たち一人一人の悲痛な叫びである。被爆者一人一人には名前があり、人間の尊厳があったが、爛れた犬のように死んでいった。この惨事を二度と繰り返してはならない。貞子の真意は、生き残った者の責任、平和の希求が根底にある。なんとしても原爆の使用を阻止しなければならない。署名した人たちと貞子の悲痛な叫びである。この詩の結びには、「要求します」とあることから、当時のニクソン大統領にあてた直訴状の体裁をとっている。このことからアメリカ大統領へでも原爆の惨状を訴えているこの行為は、貞子の積極性と共に「ヒューマニズム精神」がある。

第三節　「ヒロシマというとき」詩作の直接的な契機

貞子は「ヒロシマというとき」を詩作した契機を次のように述べている。

「ヒロシマというとき」を私が書いたきっかけは、こうです。吉村さんという人がアメリカの国際ＹＭ（ママ）ＣＡの会議に行って、韓国の人たちや東南アジアの人たちからほんとうに目の前で言われたわけなんです。「いまでも、日本にもう一度原爆が落ちればいいんだ、経済

侵略の次は軍事侵略だ」と。そのことを聞きましてね、私はほんとうに衝撃を受けました。[注18]

日本にとって原爆は、被害の象徴であってもアジアの人々にとっては、日本からの解放を意味していた。貞子は鋭い洞察力と批判精神とを兼ね備えた感性豊かな詩人であり、ベトナム戦争反対運動に参加していただけに、ショックであったと窺える。まさに貞子の意識は百八十度転回した。ベトナム戦争反対運動においては、アメリカの加害性を弾劾していたが、弾劾されるのは、日本ではないかという反省のもと、貞子は、日本の加害の実態を探究し、解明し、先の戦争における「被害」と「加害」とに改めて、目を向けることになった。当時、沖縄の核付返還が進行し、国会で問題にされているさなか「山口県の米軍岩国基地に核兵器が貯蔵され、核部隊が存在することが判明した。[注19]」と『原水禁ニュース』に掲載された。このことから、本土が沖縄化へと方向づけされると危惧し、非核三原則「核兵器をもたず、つくらず、もちこませず」に反しての政府の対応に不信感、疑惑を抱き、異議申し立てとして「ヒロシマというとき」は詠まれたものであるとも考えられる。

以上の事実から、詩「ヒロシマというとき」が生まれた直接的な契機は、吉村氏の体験を通して、アジアの人々から日本への批判的な言葉を聞いたことと、米軍岩国基地に核兵器が貯蔵され、核部隊が存在することが判明し、日本政府への不信感、危機感が募ってのことであると結論づける。ここに、貞子の「社会思想、平和思想」が窺える。

第四節 「序詞」について

詩集『ヒロシマというとき』の扉に、「序詞」が記載されていることを前にも述べた。「序詞」が付されているということは、詩集『ヒロシマというとき』を読み解く上での方向性が、明示されていることである。本章では詩の解釈の手掛かりとして考察してみたい。

「序詞」を引用する。

わたしらは／激しく燃えて光りながら／無数のわたしになり／無数のあなたになって／際限なく爆発しつらなって／世界をヒロシマにかえる[注20]

この「序詞」の初出は、『詩集 私は広島を証言する』第二版（一九六八年三月発行）である。第二版は第一版（一九六七年七月発行）から僅か八ケ月での再版である。このことは、この詩集が人々から注目されたことを物語っている。

この「序詞」は、自分が発信源となり、共感されて燃え上がって受け止められれば核兵器の先に恒久平和があると確信してのメッセージともいうべき詩である。二版において意識的にこの序詞を掲載したと考えられる。

第五節　詩の注釈

本章では、詩の解釈に先立って、詩の世界の奥行きを作り出しているものとして据えられている、一つ一つの語彙に注釈を施していくことから始めたい。

「ヒロシマというとき」（七二・五）を引用する。

〈ヒロシマ〉というとき／〈ああ　ヒロシマ〉と／やさしくこたえてくれるだろうか／〈ヒロシマ〉といえば〈パール・ハーバー〉／〈ヒロシマ〉といえば〈南京虐殺〉／〈ヒロシマ〉といえば　女や子供を／壕のなかにとじこめ／ガソリンをかけて焼いたマニラの火刑／〈ヒロシマ〉といえば／血と炎のこだまが　返って来るのだ／／〈ヒロシマ〉といえば／〈ああ　ヒロシマ〉とやさしくは／返ってこない／アジアの国々の死者たちや無告の民が／いっせいに犯されたものの怒りを／噴き出すのだ／〈ヒロシマ〉といえば／〈ああ　ヒロシマ〉と／やさしくかえってくるためには／捨てた筈の武器を　ほんとうに／捨てねばならない／異

国の基地を撤去せねばならない／その日までヒロシマは／残酷と不信のにがい都市だ／私たちは潜在する放射能に／灼かれるパリアだ／／〈ヒロシマ〉といえば／〈ああ　ヒロシマ〉と／やさしいこたえがかえって来るためには／わたしたちは／わたしたちの汚れた手を／きよめねばならない

詩を解釈するうえで、最初に注目すべき語句がある。タイトルにある片仮名での「ヒロシマ」の意味と、詩の中で詠まれた「パール・ハーバー」、「南京虐殺」、「マニラの火刑」、「パリア」を挙げ、それぞれについて整理していく。

まず、広島が「ヒロシマ」と表記されるようになったその時点について考察する。最初に表記されたのは、一九四九年四月に発刊された、ジョン・ハーシー著『ヒロシマ』である。『ヒロシマ』のあとがきに「一九四六年五月、ジョン・ハーシー氏は、従軍記者として広島に来た。[注21]」と記され、広島において、原爆の実状を視察し、被爆者との面談を行ない「被爆体験を詳さいに聴いて帰ったのである。[注22]」とある。ハーシー氏は、帰国後『ニューヨーカー』誌に被爆のルポタージュ『ヒロシマ』を発表した。この記事は、大反響をよび一日に三〇万部を売り尽くした。各地の大新聞は連日『ヒロシマ』を連載した。ハーシー氏は、「アメリカ国内のみならず、『ヒロシマ』はカナダに、英国に、南米諸国に、そして欧州各国に英語でのみならず十数ヵ国語に翻訳されて宣伝せられるに至った。[注23]」と記述している。ニューヨーカー誌での被爆体験記録は、『HIROSHIMA』と表示されたことから、日本語訳での『ヒロシマ』とされたと考えられる。注目すべきは、被爆地ヒロシマの実状は、被爆の翌年において、既に米国だけでなく、欧州、豪州に知れ渡ったことである。

では、広島市、日本においてはどうであったのか、次の記述から明らかにする。

一九四七（昭和二二）年二月七日の『中国新聞』において、『ヒロシマ』の内容が掲載されている。広島でもこの時点で「ヒロシマ」と認識された。

次に、広島＝平和都市について考察する。当時の広島市長がまとめた『原爆市長』からその状況を知ることができる。広島市議会において「審議会は二月十五日に発足し、復興計画の樹立に着手した。[注24]」とある。軍がなくなった将来は、「〝平和都市〟にしようという点で、全委員の意見が一致したことである。[注25]」と記され、そして、「「広島平和記念都市建設法」は、二十四年五月十日、衆議院を通過した。（中略）法案は翌日、参議院でも満場一致で可決された。[注26]」と記載されていることは、国会においても「広島平和記念都市建設法」が承認されたことであり、広島市＝平和都市とされていったことが確認できる。

広島は、ハーシー著『ヒロシマ』によってヒロシマ＝被爆地となり、広島市の取り組みによって広島市＝平和都市となり、年を経て、ヒロシマ＝平和都市となったといえる。しかし、当時はまだ、世界においてヒロシマ＝平和都市とは捉えられていない。日本と世界の認識の差異があった故、その差異を利用する形で、「ヒロシマ」という表記を加害の側面を切り込んでいく手法として用いたものと窺える。

貞子の中では、どの様に「広島」から「ヒロシマ」へ推移していったのだろう。

時系列的に見ると、『詩集　私は広島を証言する』初版の「まえがき」に（六七・七）貞子は「瓦礫のなかに育ったひろしまのみどりは、決して枯れてはなりません。」と記述している。ここにおいての「ひろしま」、は廃墟から立ち上がり、育ち枯れることのない「ひろしま」と読み取れる。同書一四頁に「ヒロシマ」という詩が掲載されている。同書六頁にこの詩に関して貞子は「被爆当時の作品であるが「ヒロシマ」は二十一年目の夏、被爆当時を回想しているうちにひとつの啓示のようにヒロシマの意味が閃いて書きとめたものである。」と記述している。詩「ヒロシマ」は「わたしは天をこがす地獄の／火口から生まれた。」とヒロシマを擬人化されている。続く語句は、被爆の惨状が詠まれ、核実験が行われたビキニ、サハラ、ネバタ、ノーバゼムリヤ、タクマラカンと具体的に被爆地を示し、「地球を軌道から転落させる破滅の祭典。／けれどもわたしの涙はビキニの海より深く、／私の怒りはネバタの爆発よりつよく、／わたしの愛はノーバゼムリヤの砂粒より多く／わたしの祈りはタクラマカンの砂漠を／みどりの沃野にかえさせる。」と詠まれている。このことから、「ひとつの啓示」とは、原爆の廃墟を涙、怒り、愛、祈りによってみどりの沃野に変えさせる。いわゆる「再生への祈り」と取れる。これを念頭に置いて貞子は詩「ヒロシマというとき」の題として使用したと考える。

次に、「パール・ハーバー」とは、旧日本軍によるパール・ハーバー（真珠湾）への攻撃を意味し、ハーグ条約（一八九九年採決、一九〇七年改訂、一九一一年日本批准）で取り決められた交戦に関する事前通告義務を怠り開戦に突入し、国際法違反の出来事である。

貞子は、「私はワシントン・ポスト紙の反戦広告に被爆者の立場から短いアピールを書いた。アメリカの反響の中には、「黄色いジャップのくせに」「パール・ハーバーをおぼえているか[注27]」との反応から一般的なアメリカ人の「パール・ハーバー」への見解を貞子は、知見することになる。このことから「パール・ハーバー」は、日本が太平洋戦争の開戦布告しなかったことへの、象徴として用いられていることがわかる。

「南京虐殺」は、一九三七（昭和一二）年、旧日本軍が支那事変を終結するため南京に侵攻し、一二月一三日南京を占領してから、六週間続いた虐殺事件のことを指す。貞子の初期の作品に、詩「旗一」（五二・六）がある。その中に「マニラや南京で生きた女子供にガソリンをまき／火をつけて焼いた二十世紀の大兇悪犯」とある。この記述から「ヒロシマというとき」が詩作される二〇年前、既に貞子は南京虐殺、マニラの火刑を知得していたことが確認できる。しかし、何処でこれらの情報を知り得たかについては明らかになっていない。「夫の唯一は、一九四〇年七月に徴用で病院船に軍属として乗り、上海に上陸した時、日本軍人の残虐行為を目撃し、それを私は夫から聞いたのだった」[注28]という貞子の記述から、「南京虐殺」事件は、夫の唯一から聞き得たとみるのが自然である。これらのことから「南京虐殺」は、軍人ではない民間人を虐殺したことが、国際法違反の行為の象徴として用いられていることがわかる。

次に、「マニラの火刑」については、永井隆著『長崎の鐘』の序文に、「昭和二十一年八月脱稿したが、占領軍司令部の発行差止めを受け、原稿はアメリカ国防総省に送られた。日本軍が行った「マニラの悲劇」を付録としてつける条件で、ようやく公刊が許可され、（後略）（占領が解けてから「マニラの悲劇」は除いた）」[注29]と記されている。「マニラの悲劇」は、「日本軍兵士の日記は、一千名以上の市民が生き埋めされた事例を記録している。」[注30]と記され、その他、多くの旧日本軍の虐殺行為についてアメリカ人の署名まで記述されている。「マニラの悲劇」という記録により、日本の虐殺行為を強調することで、原爆の惨状と帳消しにしようとするアメリカの意図があったのであろう。当時の人々は、一時的ではあったが、この記録から「マニラの火刑」の全容について知ることができ、貞子もまた同様であったと解せる。これらのことから「マニラの火刑」は、「南京虐殺」と同様、民間人を殺害した国際法違反の象徴として用いられていることがわかる。

「パリア」については、一九六六（昭和四一）年一〇月一〇日、サルトルとボーヴォワールが広島を訪問している（『中国新聞夕刊』昭和四一年一〇月一一日）。新聞の見出しに「訪日最大の感銘　真剣そのものの取材」と掲載されている。両氏は、九月一八日から一〇月一六日迄日本に滞在しており、その間サルトルとボーヴォワールは有識者と会話している。その会談のなかで、被爆者たちに会って、被爆したまま国からも社会からも放置された話を聞き次のように語っている。ボーヴォワールは「心理的には非人（パリア）意識を持っているのです…」と語り、サルトルはさらに「彼らは非人（パリア）だ。実に酷いことだ。[注31]」と述べている。

貞子は、「人間は非人間的な行為に対して憎しみの反応をもつから人間なのであって、憎しみを持つことができないのは人間性の欠落した状態であると言えます。サルトルが広島に来て、被爆者たちと語り、「パリアの状態だ」と言ったのは、このことを言っているのだと思います。本当の意味で増悪のない世界を創るためには、人間が人間でない状態におかれた、そう言う無惨な状態から抜け切らなくてはなりません。[注32]」と述べていることから詩の中で「パリア」の語句を用いたと考えられる。日本人は、自らの戦争責任について理解しようとしない。この状態である日本国民の精神状態を「パリア」と表現したと解せる。

第六節　詩「ヒロシマというとき」を読み解く

この詩を解釈するにあたっては、前にも述べたが、吉村氏から旧日本軍が、アジアの人々に行った虐待行為を聞かされていたことと、当時、岩国基地に核が存在していたことを念頭に置かなければならない。非核三原則を掲げながらそれに反している、日本政府への不信感、危機感が貞子の詩作に繫がったということである。

まず、詩の全体を俯瞰しておく。この詩は、モノローグの中で自問自答するという問答形式をとっている。即ち「やさしくこたえてくれるだろうか」、「返ってこない」と対応させながら問題の核心に迫り本質的な問いかけへと導いている。また、詩ならではのテンポの良さがあり、山かっこの使用により、視覚的にも強調され、語句がはっきりと伝わるよう工夫がなされている。そして内容的にこの詩は、大きく三つの要素に分けることができる。三つの要素とは、まず、歴史的事実を示す用語であり、次に加害の具体性であり、最後に加害の責任をとるためにはどうすべきかの提言である。

歴史的事実として、「パール・ハーバー」は開戦布告をせず、戦争へと突入したことを意味し、「南京虐殺」、「マニラの火刑」の両事件は、多くの民間人を殺害したことを意味していると先に述べた。三件とも共通することは、国際法違反とされる出来事である。そして、次の加害の具体性について日本の殺戮行為は、南京虐殺に窺えるように、過去を遡ると太平洋戦争に突入する前から、つまり一五年戦争が始まった時から既にあったことを指示している。「南京虐殺」、「マニラの火刑」は旧日本軍が冒した看過することのできない殺戮行為という不条理であるという見地から、人間としてどうあるべきかを問う突破口として表現されている。これらを踏まえた上で、実態を自らの反省をもとに、正しく理解することから、二度と戦争に至ることがないようにと主張しているのである。即ち日本人の良心、倫理面に訴求しつつ、正義に照らし合わせ未来を見据えることを促していると換言できる。だからこそこの三要素は、詩の要旨として欠かせないものであるといえる。

次に、技巧的にみて、この詩において「〈ヒロシマ〉といえば」という表現が計七回用いられていることに注目する。「〈ヒロシマ〉といえば」は一連で四回、二連で二回、三連で一回詠まれていることから、この詩の鍵となっている。一連の「〈ヒロシマ〉といえば」に続く語句は具体的に不条理の数々を挙げるための語句である。二連の「〈ヒロシマ〉といえば」は被害者の辛辣な反応を導き出し、糾弾、謝罪、責任を導き出すための表現である。三連の「〈ヒロシマ〉といえば」において謝罪、責任を明確にしている。さらに、「ねばならない」という強い義務を促す表現が二連では二回、三連にも一回と計三回用いられている。このことから現状を踏まえて、強烈な平和へのメッセージが明確に盛り込まれているのである。

この詩の背景に、岩国米軍基地に核が存在していることが判明したことにより、非核三原則が守られていない現状がある。戦争放棄を謳った新憲法の下、戦力の不保持を掲げながら朝鮮戦争では、マッカーサーの命により警察予備隊が創設され、アメリカの軍事主義に従属する形となった。自衛隊は、武器を装備し命令が下れば、即、戦場へと赴くことの可能な状態である。「非核三原則」は空洞化し、軍事大国となっている。今こそ、憲法を遵守しなければならない。二度と戦争を起こさないためには、武器を完全に捨て、実質には軍隊でしかない自衛隊を解散し、核の持ち込みを許していては「ああヒロシマ」と共感を得ることができず、逆に加害責任の言葉が返ってくるのである。

負の遺産に蓋をしたままでは解決できず倫理的に見れば、日本国民一人一人が、共犯者なのである。日本人として衿を正すならば、核廃絶、軍備の完全撤廃をする以外に道はないと断言している。その裏には、過酷な戦争体験、悲惨な被爆体験に基づく、平和を希求してやまない貞子の心意があり、真理と希望を見据えているのである。ここに貞子の「平和・反戦・反核」の精神が生きづいている。

これらのことから「ヒロシマというとき」は、日本政府のあり様を観照し、日本人一人一人が、戦争への責任について凝視し、謝罪しなければならないという、主張の上に成り立った詩であるとともに、貞子が自己の人間性から率直に問いかけ、読者に共感と一体感を促した希求の詩と推測できる。

おわりに

本章においては、「ヒロシマというとき」が詩作された背景に、何より貞子がベトナム反戦運動に参加することによって、平和の意識をより強くした事実があったことをまず、確認した。さらに、ＹＷＣＡの吉村氏から、アメリカでの国際会議においてアジアの代表から、旧日本軍が、いかに第二次世界大戦中アジアの人々を、虐待したかについて聞かされるなど、アジアの人々の辛辣な反応が、あったことに着眼した。また、詩作の動機は、山口県の岩国米軍基地に核兵器が貯蔵され、核部隊が存在していることが判明し、貞子の日本政府への不信感、危機感が原動力であったことも明らかにした。さらには、日本が、終戦当初は掲げていた「平和・反戦・反核」から、時代と共に少しずつ乖離していったことで、改めて「平和・反戦・反核」の原点に立ち戻らなければならないとの、強靭な思いがあって詩作されたものとしても位置づけた。そして、「序詞」において、わたしらは一つの共通認識（反戦・反原爆）を持つことによって、読者に共感と一体感を促した平和への希求の詩であり原爆から平和を希求する方向性を提示した。

貞子は、「加害」を探究する中で、次のことを明らかにした。広島は、戦時下において軍都であり、広島の宇品港から多くの軍人を戦地へと赴かせた地である。戦後、日本は経済大国になった。その裏で日本は、朝鮮戦争当時、米軍の後方基地となり、特需産業の儲けによって、その後の経済発展の基礎を作ったという現実があった。さらに、被爆から復興した現在の広島や日本経済の礎には、多くのアジアの犠牲者の血があった。他国の不条理な戦争により日本の経済は潤い、広島は原爆の廃墟から復興し、平和都市となり得た事実があった。それ故、一五年戦争の恥部を多層的、輻輳的に捉え「被害」でもあるが「加害」でもあるという実態を見据え、複合的自覚として、糾弾と謝罪を投げかけ共感を求めたのである。この詩は、具体的に問答形式を巧みに取り込むことによって、真の平和宣言をするためには何をなすべきか、と問題定義を投げかけ、戦争責任をとる必要があると結論づけている。

前述したように「憲法を守り、戦争を放棄し、自衛隊を解散し、米軍基地を撤去、軍備の完全撤廃をする以外には、世界の人々の友好連帯を得ることはできない」と指摘したのである。これは貞子の人間認識の「核心」であり、その姿勢が「ヒロシマというとき」を生み出したといえる。戦争責任を直視できない日本国民の精神状態を「パリア」と表現することによって、この状態から抜け出さなければならないと訴え、恒久平和、核兵器廃絶の理念を組み立て実現するよう叱咤激励しているのである。

この詩は日本の現状を批判し、一石を投じたことに重要な役割を果たしたと述べるが、同時に貞子の「魂の告白」とし、日本人の課題を謳い上げている。その点から見るならばこの詩は、貞子が述べているように貞子自身の個人史であるが、昭和史への強烈な反省を促し、現状と未来への行動提起と解されると結論づけられる。

注

1 栗原貞子『詩集 未来はここから始まる』詩集刊行の会 一九七九年四月 一頁。
2 栗原貞子『詩集 ヒロシマ・未来風景』詩集刊行の会 一九七四年三月 三頁。
3 安藤欣賢「べ平運動から加害性に気付く」『栗原貞子を語る 一度目はあやまちでも』広島に文学館を！市民の会 二〇〇六年七月 五二頁。
4 川口隆行『原爆文学という問題領域』増補版 創言社 二〇一一年五月 一七二頁。
5 注4に同じ。 一九六頁。
6 南坊義道「書評 栗原貞子詩集『ヒロシマ未来風景』核の存在と文学精神」「詩人の眼は、原爆被爆者もまた被害者であると同時にかつては軍都「広島」の市民として侵略戦争に加担した加害者であったことを私たちに指ししめす。ここには愚者の倫理や単細胞的被害者意識などとは無縁な確たる文学精神がある。」『新日本文学』第三二八号 一九七四年一二月 一一三頁。
7 杉本春生「未来への意味を問う ―ヒロシマというとき―」「原爆被害者もまた、軍都広島の市民として戦略戦争に協力した加害者としての自身の責任を問う同名の作品名」 注1に同じ。 七七頁。
8 高橋夏男「栗原貞子の詩」「軍都広島であったからこそ原爆攻撃を受けたのであり、再生した広島の繁栄も、朝鮮戦争からベトナム戦争への加担の中で急成長した経済大国日本の都市の姿そのものなのである。」 注1に同じ。 七九頁。
9 吉田欣一「栗原貞子論」「「ヒロシマというとき」という詩は（中略）被害意識が運動の中で加害意識と二重

写しになって来るのである。広島が広島であるためには、何をせねばならぬかがより鮮やかに一歩進んで確認させられて来た。」『コスモス』第三六号　コスモス社　一九八二年一月　四六頁。

10 日高六郎「体験を伝えること」「一九六五年のアメリカ軍の北ベトナム爆撃開始のころから、私たちの中には、日本が今やベトナム戦争における加害の立場に立っているという自覚がうまれてくる。」『高等学校用現代文』筑摩書房　一九八三年　二五八頁。

11 長坂啓夫「「わたくし」の戦争責任論」「彼女は戦争責任の問題、つまり、小田実のいう「被害者＝加害者」の「メカニズム」の中での「加害」に果敢に向き合い続けた市民の一人である。」『社会文学』第一〇号　日本社会文学会　一九九六年　六三頁。

12 岩垂弘「初めて日本の「加害責任」に言及した被爆詩人」『人類が滅びぬ前に　栗原貞子生誕百年記念』広島文学資料保全の会　二〇一四年一月　六二頁。

13 栗原貞子『ヒロシマというとき』三一書房　一九七六年三月　一九三頁。

14 栗原貞子『問われるヒロシマ』三一書房　一九九二年六月　二五七頁。

15 栗原貞子『ヒロシマの原風景を抱いて』未来社　一九七五年七月　一七四〜五頁。

16 栗原貞子『栗原貞子全詩篇』土曜美術社　二〇〇五年七月　三一八頁。

17 原民喜『定本原民喜全集Ⅲ』青土社　一九七八年一一月　二五頁。

18 栗原貞子「著者と語る　原爆体験を伝えること　「生ましめんかな」「ヒロシマというとき」の周辺」『国語通信』一九八三年七月・八月号　第二五七号　筑摩書房　一九八三年八月　三三頁。

19 「「岩国に核貯蔵庫！」」「本土の沖縄化」」『原水禁ニュース』第八〇号　一九七一年一二月一日　五頁。

20 注13に同じ。　一一頁。

21 谷本清「あとがき」ジョン・ハーシー著　谷本清・石川欣一訳　『ヒロシマ』法政大学出版局　一九四九年四月　一四六頁。

22 注21に同じ。 一四八頁。
23 注21に同じ。 一四九頁。
24 浜井信三「ヒロシマとともに二〇年浜井信三」『原爆市長』朝日新聞社 一九六七年一二月 五九頁。
25 注24に同じ。 六二頁。
26 注24に同じ。 一五〇頁。
27 注15に同じ。 二五一頁。
28 注16に同じ。 六五頁。
29 片岡弥吉「序文」永井隆『長崎の鐘』中央出版社 一九七六年六月 序文Ⅱ。
30 永井隆「序文」『日本の原爆記録②』 日本図書センター 一九九一年五月 一〇四頁。
31 日高六郎「サルトルとの対話 ―知識人・核問題について」「広島の印象」『世界』 一九六六年一二月号 第二五三号 岩波書店 一九六六年一二月 六八頁。
32 栗原貞子「八・六の意味するもの5―大田洋子とG・アンデルスを軸に」『ヒロシマの意味』小黒薫編日本評論社 一九七三年六月 八三頁。

第四章　『詩集　未来はここから始まる』論

――貞子苦悩を視野に入れて――

はじめに

文学者としての貞子の時期は、大きく三期に分けることが出来る。まず、一期は戦時下において詩作した時期であり、二期は原爆投下と戦争の悲惨さを直叙的に詩作した時期、三期は過去の体験からそれまで踏まえて、未来に向かっての視点がより強くなっていく形で展開し、詩「ヒロシマというとき」から、反核平和運動の中において詩作した時期である。この四章では三期を視野に入れて、貞子の作品世界を重層的に捉え内実を探りたいと考える。

三期の詩集というべき『ヒロシマというとき』は、三章において考察したゆえ、四章においては、『詩集　未来はここから始まる』を考察する。この詩集は、一九七九（昭和五四）年四月、詩集刊行の会から出版されている。貞子の詩集としては、『黒い卵』（四六・八）、『詩集　私は広島を証言する』（六七・七）、『詩集　ヒロシマ・未来風景』（七四・三）、『ヒロシマというとき』（七六・三）に続く五冊目である。『ヒロシマというとき』は、三一書房から出版されているが、これ以外は詩集刊行の会から発行された私家版である。

『詩集　未来はここから始まる』は、「まえがき」「〈未刊詩編〉から」、「〈私は広島を証言する〉から」、「〈ヒロシマ・未来風景〉から」、「〈ヒロシマというとき〉から」、「〈詩論〉」、「〈詩人論、作品論〉」という六章から構成されている。注目すべきは、「「渚にて」「異形」「空洞」「犯された街」は、（中略）原水禁運動分裂当時の孤立と傷心の中で書いた。[注1]」と記載されていることである。

この文と類似する文章が、貞子の著書『詩集　私は広島を証言する』、『ヒロシマというとき』、『詩集　未来はここから始まる』、『詩と画で語りつぐ　反核詩画集　ヒロシマ』の四冊にわたって掲載されている。これらのことから孤立による心痛は、貞子に精神的に相当深い痕跡を残したと窺え、留意すべき点と考えられる。

本章においては、貞子がいう「孤立と傷心」とはどの様な意味なのか。なぜ貞子が「孤立と傷心」の状態に陥ったのか、そこから立ち上がらせた契機は何かについて、当面の言説から明らかにしていきたい。

詩「未来はここから始まる」は、「七七年三月、広島で開催された部落解放同盟全国婦人集会のために書いたもので、」[注2]とされていることから、この詩を書くに至った経緯について、また、『詩集　未来はここから始まる』の題名に使用されている「未来」、「ここ」の語についても着目する。

第一節　「一度目はあやまちでも／二度目は裏切りだ／死者たちを忘れまい」について

『詩集　未来はここから始まる』の扉において、「一度目はあやまちでも／二度目は裏切りだ／死者たちを忘れまい」と詠まれている。

この「詩句」に関して貞子自身が、心意を述べた文章があるので次に引用する。

・「一度目はあやまちでも／二度目は裏切りだ／死者たちの誓い（ママ）を忘れまい」前大戦で、人間の尊厳をコナゴナに砕かれ、むごたらしく死んで行った死者たちの死を無意味にしないため、こどもの未来を確かなものにするため、（後略）[注3]。

・一度目は過ちでも、二度目は裏切りだということ。「過ちは繰り返しません」と誓ったのですよね。初めいわゆる聖戦だと思い込んで参加したかもしれないけれど、戦後になって、それは過ちだったということをみんなが知ったわけですよね。その過ちをもういっぺん繰り返したら、それはもう裏切りだということになる。過ちだったということは、既に加害者であったということを知らなければならないわけなんです。[注4]

・私はかつて「未来はここから始まる」という詩集の扉に一度目はあやまちでも／二度目は裏切りだ／死者たちへの誓い（ママ）を忘れまい／という序詩（ママ）をのせました。（中略）原爆は人間に対して何をもたらしたのか、人間は原爆に対して何をなすべきかを、しっかりした構成の下で過去、現在、未来を貫通する証言として語ることを要求したものと思います。[注5]

貞子は、この「詩句」を「序詩」としていることからここにおいては「序詩」と記述する。

貞子の「序詩」としての心意は、未来を担う子どもたちのためにも一五年戦争での死者たちの死を無駄にしないことである。戦争に突入したことは過去の過ちであるが、日本だけではなく世界の国々が、次に戦争へと向かえば戦死者、被爆死者たちに対しての裏切りである。「序詩」を理解しようとするならば原爆は、一瞬のうちに多くの人の命を奪い、生き残った者は、放射能によって身体も精神も冒され、広島、長崎の街は破壊され廃墟となったことを認識しなければならない。また、原爆の惨劇は過去のものではなく現在から「未来」へと貫通するものである。いわゆる「未来」という定義は常に過去を見据えていないと「未来」がないことである。このことを踏まえて読んでいかなければならない。

また、「序詩」は、原爆犠牲者慰霊碑の碑文「安らかに眠って下さい／過ちは／繰返しませぬから」を想起させ、この碑文から引用したものとも考えられる。この碑文について「過ちは繰り返しませんというのは誰か」という発言をめぐって碑文論争が始まった。一九七〇年「八月三日、当時の山田市長は、「慰霊碑の碑文は変えない」、「碑文の主語は世界人類であり、人類全体の戒めである。[illegible]狭に解釈してはならない」と決断を下し、以後碑文解釈は定着し今日に至っている。」[注6]との記述がある。碑文の主語は人類全体であり、人類への戒めである。このことに関して、貞子なりに解釈した文章があるので引用する。

> 原爆で死んだ愛するものたちの死の意味と生き残ったものの生の意味を問わずにはをられ（ママ）なかった。そして、共通の答として得たのが、「安らかに眠って下さい。過ちはくりかえしません」と言うことであり「死者たちは平和のいしずえとなり、生き残ったものは、平和の不死鳥となってよみがえったのだ」と言う確信だった。[注7]

被爆死した人たちは、突然命を絶たれた。それも一片の人間の尊厳もなく焼かれた。原爆から生き残った者として何ができるかを問うた時にこの碑文に到達したのであろう。それゆえ、詩の構想、表現からも存在感が窺える。

『証言は消えない——広島の記録2』の中において原爆で死んだ幸子さんのことを述べた後、貞子は「あの日のことが心の底にこびりついていて、いまも忘れられない。こんな残酷なことがこの世にあってよいものだろうか。二度と繰り返してはならないと思った。[注8]」との記述があり、被爆者全員の思いを代弁していることと、原爆犠牲者慰霊碑の碑文「安らかに眠って下さい／過ちは／繰返しませぬから」の句から「序詩」の原点が見える。

人間の尊厳を固守していくためには痛みに立ち返り、過去に立ち戻らなければ踏み間違えてしまう。過ちを時間軸上の「現在」だけに視点を当てるのでなく、原爆の意味に鑑みて過去、現在、未来は、延長線上であって、どの時点に焦点を当てるかによるのである。

この「序詩」は、貞子のその後の詩の中に何度も引用されていることから留意すべき詩であると考える。貞子にとって脳裏から離れない「序詩」であるゆえに、貞子の詩一三編に引用されている。このことから新たに五章を立ち上げ詩群を考察していきたいと考えここでは「序詩」の意義を述べるだけに留める。

第二節　「孤立と傷心」について

前述した、「孤立と傷心」へ陥った原因は、貞子の著書によると「原水爆禁止世界大会」と「原水爆禁止広島母の会」からの離脱であったと考えられる。そのことに関して貞子の心意を明確にした記述がある。まず、「原水爆禁止世界大会」からの離脱について挙げる。

・統一と団結という言葉はしばしば組織防衛の言葉として用いられているようである。異なった考え方の運動を統一するためには、運動の論理がタナ上げされ、個々人の意識や下からの創造性はきりすてられ、個人原理が生かされない。（中略）統一でなく相互交流を、非難でなく相互に主張の明確化を、そのなかで発展的な契機をつかみたい。[注9]

・第七回大会後、ソ連の核実験が再開され「如何なる…問題」が起きたが、第八回大会の頃は「統一と団結のため」と称して問題はタナ上げにされ、それにふれるものは統一と団結を乱すものとして白眼視されるようになった。運動の論理よりも組織を優先する目的と手段の混同に失望した私は、関係団体から離れ、不信と孤立感を深めていた。[注10]

これらのことから貞子は、現状を内なる誠を支柱とした判断によって、世情に流されず、多角的な観点でもって、客観的に思考していたことが窺える。戦後、言論、信条の自由が得られ、自分の信念を意のまま、発言し、行動することが、可能な状況になった。その一方で、運動に参加するも運動が組織化され、上からの命令が下されると「自由発意、自由合意」は打ち消され、自分の理念と乖離することが生じ、運動から退いていくことになった。貞子は、個人の意見が尊重されない画一的な統一でなく、かつ、上からの目線で裁く非難でなく、各々が主張する意見を述べ議論を重ねることによって、自身の理念の明確化を求めてやまなかった。その結果、貞子の心意は、組織や運動に受け入れられず、身を引くことになった。

次に、「原水爆禁止広島母の会」からの離脱である。「母の会」の当初について、次のような記述があるので引用する。

第五回原水爆禁止世界大会に参加した広島の女性たちに呼びかけ、その年の秋、平和記念館の屋上に集まって話しあった時からだった。（中略）十数名が集まった。それが後に原水禁広島母の会となる最初の集まりだった。[注11]

さらに、次の引用から、発起人であるがゆえ創立時は、貞子が理想とした会であったことも明らかである。

思想や立場にちがいはあっても、原爆によって象徴される徹底した非人間性こそすべての悪の根源であり、人間性を大切にすることが平和と愛の始めであると言う点でしっかり一致しているので、ここでは如何なる種類の権威や権力に対しても盲従なく自由に話あって活動をすすめている。[注12]

広島の被爆した母たちは、被爆死せず生かされていることの意味を、「平和・反戦・反核」へと反映、拡大し、平和な世界をつくる目的のため、その表現の手立てとして機関誌『ひろしまの河』を創刊した。その一方で、「原水爆禁止広島母の会」において、ソ連の核実験再開問題は、話題にしないよう申し合わせられていた。「原水爆禁止広島母の会」がソ連の核実験に対し、暗黙のうちに、容認する方向性を示したことにより貞子は、組織と意見を異にする事から、身を引くことになる。貞子は、「統一と団結の名の下に組織を温存しようとするものにとって、矛盾や傷口を明らかにするものは組織の敵なのだろう。[注13]」と当時の状況を述べている。これは「原水爆禁止広島母の会」において、敵視されたことを指摘してのことと窺える。このことは他の会員による次の言及からも明らかである。

ソ連の核実験により、原水禁運動は分裂いたしました。その前夜、母の会では、ソ連の核実験を支持するような人たちとは共同行動をすることは出来ぬと会を脱会した方がありました。注14

脱会については、自己決定であり、自分が選択した行動ではあったが、この言及は、感性豊かで繊細な詩人としての貞子の心を傷つけ、傷口を広げ、さらなる内的沈潜へと向かわせた。貞子の著書に「孤立と心痛」の中で書いたとされている著書が四冊もあることは先に述べた。このことから、さらなる微視的観点による綿密な考察の積み重ねが不可欠であると考える。貞子の如上の観点を手掛かりとして探ってみる。まず、貞子の自著の記述を時系列的に次に記していく。

『詩集　私は広島を証言する』（六七・七）における記述を引用する。

運動の上昇期のなかに輝いていたものはみな輝きを失い、さむざむとした空虚のむなしさだった。（中略）ほとんど皮をはぎとられたような苦痛だった。（中略）「私には果しない海がある」と自分の内部の絶えざるものを信じる以外になかった。（中略）この期の作品は「空

洞」「失われた夏」「夜」「その絵」「不幸な主役」（中略）この状態から立ち直るまでに可成りの長い時間がかかった。注15

『ヒロシマというとき』（七六・三）における記述を引用する。

この集は原水禁運動の分裂と安保反対運動の挫折のなかで、ひたすら孤独の淵のなかに沈潜して書いた。（中略）「犯された街」「からす」「渚にて」など（中略）「私は干されても死にはしない」と自己の内部の絶えざるものを信じる以外になかった。（後略）注16

『詩集　未来はここから始まる』（七九・四）における記述を引用する。

「渚にて」「異形」「空洞」「犯された街」は、（中略）原水禁運動分裂当時の孤立と傷心の中で書いた。注17

『詩と画で語りつぐ　反核詩集画　ヒロシマ』（八五・三）における記述を引用する。

第九回世界大会で原水禁と原水協にわかれるまで組織の内外で矛盾と疎外が続き苦悩の連続であった。そうした状況のなかで人間不信の孤独に沈潜して書いたこの時期の作品は、眼にうつるもの、イメージするものすべてが暗く輝きを失い救いがなかった。[注18]

貞子は、前述した著書の中で「原水禁運動の分裂と安保反対運動の挫折のなかで、ひたすら孤独の淵のなかに沈潜して書いた。」、「第九回世界大会で原水禁と原水協にわかれるまで組織の内外で矛盾と疎外が続き苦悩の連続であった。」と述べている。さらに、作品名を記しているが、貞子は、孤立の期間を具体的に記していないことから考察しなければならないと窺える。

この期間を、『栗原貞子全詩篇』における前述の詩を時系列的に整理すると次のようになる。「不幸な主役たち」(一九六〇年九月一九日『ヒロシマというとき』三一書房一九七六年三月刊)、「夜」(一九六二年二月二八日『詩集　私は広島を証言する』一九六七年七月刊)、「その絵」(詩誌『ぷれるうど』一九六二年一一月号)、「からす」(一九六二年一一月三〇日詩誌『ぷれるうど』一九六三年八月号)、「犯された街」(詩誌『ぷれるうど』一九六三年六月号)、「異形」(詩誌『ぷれるうど』一九六三年八月号)、「空洞」(『広島県詩集4』一九六四年二月刊)、「失われた夏」(詩誌『ぷれるうど』一九六四年四月号)「渚にて」(一九六五年六月一五日詩誌『ぷれるうど』一九六五年六月号)。以上のことから孤立の期間は、六〇年から六五年の頃と窺える。

「不幸な主役たち」の詩作は六〇年であるが、発表されたのは一六年も経てからである。

ここで注目したいのは「空洞」である。この詩は『広島県詩集4』が初出である。この詩を公の詩集に投稿したことは、貞子の内奥、深意を公言したことになる。すなわち内面世界を開示したといえる。「その絵」、「からす」、「異形」、「失われた夏」、「犯された街」、「渚にて」は、詩誌『ぷれるうど』が初出である。詩誌『ぷれるうど』の発行者は、大原三八雄氏である。前述した大原氏は、貞子の詩「生ましめんかな」を最初に英訳した人物であり、貞子の独身時代の親友林子の兄である。そのような間柄故に、貞子の窮地に救いの手を差し伸べたと窺える。

引用文の詩作時期を時系列に述べると次のようになり、苦悩をどのように描写しているかを詩句から読み取る。

「夜」（一九六二・二・二八）を引用する。

公園の樹々は／円錐形のしげみのなかに／悲しみを抱き／裸木の鋭い穂先で／怒りを天につきさしている（中略）／その時　樹々は／暗い闇のなかで／歯ぎしりのように枝を鳴らしていた。

「その絵」（一九六二・一一）を引用する。

（前略）時も／ところもなく／樹も花もない／塗りつぶされたひと色のなかに／とじこめられた人間の／うめきごえがきこえてくるだけだ（後略）。

「からす」（一九六二・一一・三〇）を引用する。

アーチ型の墓標のある広場で／鳥たちは群がって啼いていた。／嘴を切った猛禽類や／尾を切った尾長鳥まで／みんな白い鳥になり／「とーいつ」「とーいつ」と啼いていた。／ついばむ砂の下には／白い人骨層の廃墟のしずもり。（中略）わたしは黒いカラス／わたしはわたしの歌をうたって／極北の空に向かって飛び立った。／空にも墓標のような雲が／貝殻色に光っていた。

「犯された街」（詩誌『ぷれうど』一九六三年六月号に掲載）を引用する。

（前略）スポンサーつきの／おしゃべりはやめてくれ／ひろしまの空はひびわれ／地は人骨と瓦礫の層／どんな馬鹿さわぎや／演技が行われても／じっと眼を見据えているものがいる。

「失われた夏」（一九六三・九・一三）を引用する。

（前略）一九四五年の夏以来／私たちの夏は大きくうねりながら／はげしく沸騰した。／私たちは愛しあい／いつもやさしく呼びあった。（中略）けれど／十八度目の夏は／積乱雲のなかに迷いこんだ（中略）もう灼かれはしない。／熔られはしない／無機のよそよそしさで／粒状の層をなしているのだ。

「空洞」（『広島詩集』第四号一九六四年二月刊に掲載）を引用する。

（前略）鞍型の空洞。／あれ以来この街の人らの／こゝろのなかにも／埋めることの出来ない大きな／空洞が出来てしまった（後略）。

「渚にて」（一九六五・六・一五）を引用する。

大波に洗われ／人の子ひとりいない白い渚に／ただ孤りうちあげられた／（中略）一体あれ

たちは／どうしたと言うのだろう／ゆらり迫って来た大波を／一緒に乗りこえる代わりに／大波と一緒に私を渚にうちあげ／波に乗って後退して行ったのだ。／（中略）私は干されても死にはしない。／私には果てしない海がある。（後略）

この七編を俯瞰してみると「夜」において「怒りを天につきさしている」と天に突きさすほどの怒り、「その絵」においては「とじこめられた人間の／うめきごえがきこえてくるだけだ」と孤独の苦しさ、「からす」において「「とーいつ」「とーいつ」と啼いていた。／（中略）わたしは黒いカラス／わたしはわたしの歌をうたって／極北の空に向かって飛び立った。」と自分の信念を通す頑固さ、「犯された街」において現状は「スポンサーつきの／おしゃべり」と噂話に苦慮、「失われた夏」において「私たちは愛しあい／いつもやさしく呼びあった。」とかつての仲間の絆、「けれど／十八度目の夏は／積乱雲のなかに迷いこんだ」と混迷に陥り、「空洞」において「こゝろのなかにも／埋めることの出来ない大きな／空洞が出来てしまった。」と虚無感となっている。「渚にて」において、やっと、長年の心の葛藤を冷静に詠み「私は干されても死にはしない。／私には果てしない海がある。」と苦悩から脱出している。これらの詩句から貞子の孤立の心痛が読み取れ、孤立から脱出し、自立した経緯がわかる。

第三節　「孤立と傷心」からの脱却、そして未来へ

次に「孤立と傷心」の環境から脱却に至った契機について述べる。『詩集　私は広島を証言する』における文を引用する。

私は死の前年の秋、暗い夜の平和公園を篠枝さんと二人でさまよい歩き、三吉の碑や慰霊碑、原爆死者の納骨堂のある（中略）供養塔などに詣った。私は今でも、その時、篠枝さんと一緒にあの世をさまよい歩いた思いがするのである。[注19]

正田篠枝の死の前年は、貞子が孤独の中をさまよっていた頃である。篠枝と二人暗い平和公園を歩いたことで、原爆という共通項が安堵感へといざなった。さらに、亡くなった懐かしい人の碑を巡ることで、この世にいながら、あの世にいるような錯覚をした。懐かしい人々との邂逅であっただけに心なごますものだったと考えられる。貞子にとって篠枝の存在は大きく、かけがえのない親友であり、癒される友であったことが解せる。また、二人が精神的近親関係にあり、貞子の一番の理解者であったことが、次の篠枝の短歌によって確認できる。

貞子氏は悪口言われながらにも平和運動に熱心なりき頭が下がる
知らぬひと栗原貞子を悪く言ふわれは黙して良きを書かなむ
心から実行力のある人は栗原貞子頭が下がるわれ[注20]

『ヒロシマというとき』における文を引用する。

六五年以後私は母の死を始め、かけがえのない人を幾人も引き続いて失った。（中略）愛する人たちの死を通して、「死は生の完結であっても、愛の完結ではない、連続した親しい世界だ」と感じるようになった（中略）私は親しい人達の死に会って、おごった心が清められたような気分になり傷ついた心で拒絶していた人々に対しても和らいだ心をもつようになって、自然とひたひたとしみ入るように、親しい人たちの死のなかで回復しはじめていた。[注21]

貞子が述べる「おごった心」の根拠はどこにあるのだろうか。一九五五年から一九六七年の一二年間は夫唯一が県会議員の職に就いていた。貞子は県会議員夫人としておごり、高ぶりがあったのであろうか。自分本位であったことに気が付いたことは、ある意味で人間成長を遂げたといえるであろう。

貞子は、母や篠枝の死に直面し、複雑な「現世」の人間関係の中で、「死」という単純で純粋な状況へと導かれ、清浄化された死者との関わりを想起した。貞子は死者たちの愛を感じ、死は、完結でなく連続した親しい世界であることを意識した。死という厳粛なものを前にして、自分の苦しみがいかに小さく、全てが無意味であり、死には何も勝てない。人間不信となった原因は、自己のおごりや独善性にあったと自覚し、悟り、その結果、閉ざした心を溶解させ、回復へと向かわせたのである。貞子は、長期間孤立の渦中にあったことによって、人間関係に拘泥する一方で、人間的にさらに成長を遂げ、現状を冷静に見据えることで自己再生に至ったと考えられる。

また、次の記述からは再出発への覚悟が読み取れる。

・私たちは生きて言うことが出来るし、生きて言うことの出来る自由を守らねばならない。平和運動の分裂を免罪符として、何もせず傍観しているとしたら、それは戦争政策の共犯である。[注22]
・「生きたかりけり」「生きたかりけり」と涙をためたまま、低くくちづさんだ正田篠枝さんの顔がいつまでも離れがたく思いおこされてならない。[注23]

貞子は究極の苦悩の中、篠枝の顔を思い出し、別の時空を有することによって、自分は生きていうことが出来るが、篠枝だけでなく、原爆によって不条理に殺された人たちは、いいたくともいえない。叫びたくても叫ぶことができない。死んだ人の分まで、自分の意志を貫き通さねばと決意したことが、契機となって孤立の中から抜け出したと窺える。いわゆる孤立と傷心の中で生きていうことのできる自由を再確認して再出発できたのである。だが、現状は厳しい。原水爆禁止世界大会は第九回後、原水禁と原水協に分裂している。この政治的争いの渦中に巻き込まれてはいけない。さりとて「傍観者」になっていては、今まで我が身を振り返らず「平和・反戦・反核」を希求し、傾注してきたことが無になるどころか逆行し、戦争の推進者たちの共犯者となってしまうと、我が身を鼓舞させ超克できたと窺える。ここに繊細で、弱気な詩人から強い活動家と変えられたといえるであろう。

貞子は、「おごった心」を心に留め、死の直前まで意識していたのか娘の眞理子氏は、「九四年、八一歳で交通事故にあい、九九年脳梗塞のため半身不随になりましたが、誰を恨むでもなくそのまま受け止めリハビリをし闘病生活を送りました。（中略）ヘルパーさんや看護婦さんも「こんなに優しい我慢強い人には会ったことがない」と、今でも言ってくださいます。[注24]」と述べていることから、人間的にも成長し、死に至るまで優しい愛の人であったことが確認できる。

さらに、貞子を苦悩から解放に向かわせた母と篠枝の詩がある。貞子が二人をどのように詠んだのかを考察してみる。

「白い虹　―わが母土居タケヨをいたむ―」を引用する。

（前略）すべてのことをなし終った人間の顔と言うものは／こうもおだやかでやさしくおごそかなものだろうか。／あなたが生んで下さった私たちは／長い年月の労苦に漂白されたあなたの髪をなで、／私たちのために照りかげった顔をさすり、／一身に背負って下さった肩を抱いて泣いた。／「ありがとう。お母さん」／「すみませんお母さん」／ふるさとの人たちもみんな／あなたを惜しんで下さった。／／けれども私たちは雪の野を寒風にさらされて／あなたを送り、あなたは白い骨になってしまった。／でも生きておられる時よりも／あなたはもっと私たちに近くなり、／風のなかからも、雲の襞の間からも／微塵になって私たちに呼びかける／あなたの墓のあるふるさとの山には／いつも白い虹がかかっている。

詩の題名の「白い虹」とは母のことを指示しているのであろうが、虹といえば七色である。ここでの白い虹とは、白は全ての色を持つことによって不純物がない明晰性、善、純潔を意味し、母を最高に尊敬しているのであろう。「漂白されたあなたの髪」、「白い骨になって」と「白」にこだわっていることからもわかる。また、虹は明日への架け橋、希望である。
貞子は、尊厳ともいうべき母の死に顔に直面することによって、戦時下において非国民と呼ばれたアナキストの唯一と出奔して結婚したことで、親族にまで世間の目は厳しく肩身の狭い生活を余儀なくさせたことへの謝罪と感謝を詠みさらに、周囲の人から慕われた母の人間性を詠んでいる。「風のなかからも、雲の襞の間からも／微塵になって私たちに呼びかける／あなたの墓のあるふるさとの山には／いつも白い虹がかかっている。」と至高な母の愛は、いつも身近に貞子を見守り、母の愛情からの呼びかけによって立ち直れたと窺える。
「黒い十字架　—あなたは広島を証言した—」を引用する。

（前略）十八年目にあなたは宣告された。／夏の太陽も昏く陥ち／眼裏に散る花火。／百千のくつわ虫がいっせいに鳴く／はげしい耳鳴り／／蝕まれたあなたの胸のなかに／ひとつの風景がかかっていた。／見渡す限りもえがらになってしまった／瓦礫と人骨の都市につづいて／白く光っている海。／海に向かって燻りつづけている黒い／十字架のような一本の巨木。／／あなたは二十年、放射能に焼かれ／ながら、ひろしまを証しつづけて／生きて来た。

篠枝は、爆心地から一・五粁の所で被爆しており、原爆の放射能が原因と思われる耳鳴りに二〇年間苦しんだ手記『耳鳴り』を書いた。乳がんと白血病で死に怯えながら被爆の辛酸と原爆の悲惨を短歌集『さんげ』で訴えた篠枝の人間像が詠まれている。詩句「放射能に焼かれ／ながら、ひろしまを証しつづけて／生きて来た。」と壮絶な篠枝の生き様に励まされ、貞子は孤立から脱出できたと窺える。篠枝は五四歳で死亡している。

孤立から解放された後の詩は、どのように変化したのであろうか考察をする。

六六年のＲＣＣ芸術参加作品（音楽部門）として六組曲「川」を詩作している。（『栗原貞子全詩篇』二五〇から二五三頁）その六つの組み曲は、１　山と川、２　追憶の川、３　洪水、４　涸れた川、５　いくさ、６　よみがえる川である。そのことに関して貞子の内実が記されている文章があるので引用する。

> 「川」は音楽部門の芸術祭参加作品として作詞し、エリザベート音楽大学の永井主憲先生が作曲された。（中略）前半は太田川の上流のほとりに生まれ育って亡くなった亡き母への鎮魂を、後半は下流の御幸橋河畔に生きて原爆症で亡くなった正田篠枝さんへ追悼と、平和の祈りをこめて書いた。篠枝さんの「あれから二十年」と「大河のほとりに生きて」の短歌二首を挿入し、その部分だけは独唱となっている。[注25]

引用文にあるように母は、「太田川の上流で生まれ育ち」、貞子は、太田川にそそぐ南原川と山と畑のある里村で生まれ育った。被爆当時は、太田川沿いの祇園町に住んでいた。篠枝は、爆心地から一・五粁の京橋川の川沿いの平野町で被爆し、敗戦後は、そこで割烹旅館「河畔荘」を営んでいた。

母も貞子も「川」には、愛着があり、幼年時代の追憶がある。しかし、その川も被爆後は激変する。爆心に近い元安川は、熱傷の身を火焔に追われて川に入り、そのまま息絶えた死体が漂流する川となった。また、貞子の住む近所の太田川の河原で被爆死した遺体の火葬が行われたことにより、川は死に取り巻かれた状態となった。これらの事から「川」にはその時々の思い出がある。故に、RCC芸術参加作品として「川」を詠んだと窺える。

「1　山と川」の冒頭に「おごそかにつらなる山々」と詠み、「鳥がはばたく翼の下に／藍の色をたたえる　始源の流れ」と川の始源、誕生詠んでいる。その川は、「2　追憶の川」と幼い頃の追憶が農地を潤し、恵みをもたらし呼び合う親子を詠むが、川は「3　洪水」、「4　涸れた川」となる。その川も「5　いくさ」においては、戦の実情、原爆によって「空も川も／街も／焼け果てた〈焼け果てた〉」となった被爆の惨状を詠んでいる。しかし、川は「6　よみがえる川」となり、「川は　青空をうつして／傷をいやし」、「七つの川は　ゆるゆると／川の街を　ゆるやかに流れ／ふたたび　未来をつくる／流動の思考よ／人間のよろこびやかなしみを秘め／つきせぬ流れ／永劫に流れて／〈流れて　流れて〉／やまず」と再び平和な未来に繋がる永劫の命の象徴としての川の流れを詠んでいる。

貞子は、孤立に追いやられ、解放に向かった数年間の喜びや苦しみを「川」に喩え、苦難を水に流すことによって、未来永劫に流れる川に希望を見出した詩へと向かったことが窺える。

この詩の後編であろうか「川」と題し、1　生成、2　生態、3　幼い日の川、4　船と筏、5　渡し船、6　洪水、7　涸れた川、8　廃墟、9　よみがえる川と詠んでいる。

2　生態と、8　廃墟以外は、「母なる川太田川」の詩句が詠まれている。このことは川を母に例え太田川のその時々のあり様である。その川は、1　生成においては、「人間のよろこびやかなしみをひめ／てのひらをひろげたような／七つの川となり／広島の海にそそぐ」、2　生態においては、「しぶきはもとの流れにかえり／永遠の明日に向かって流れつづける」、3　幼い日の川においては、「「生きるとは何か」／川の流れよ／語ってくれ／千古の流れよ／あなたは知っている筈だ。」、4　船と筏においては、「父たちは山から千把を伐って／船で広島の街に売りに行く／（中略）くだりは極楽／のぼりは地獄」、5　渡し船においては、「嫁入り婿入り渡し船でゆく（中略）ほぼろを売るときも／渡し船に乗って行く（中略）あの子に会うにも渡し船／生まれた死んだの飛脚も渡し船」、6　洪水においては、「洪水のたび／稲はみのらず／祭りの太鼓も鳴らず／庄屋屋敷に押しかけた洪水のような／百姓一揆」、7　涸れた川においては、「いのちとは何であろう／目的もさだめず終りもなく／たえず前に向かってすゝむもの／川こそ生きているいのち」、8　廃墟においては、「あの日も川は静かに流れ／太陽は明るく輝いて／八時十五分は近づいた。／突然ひらめく青い閃光／街は吹きとばされ／人は火ぶくれ／七つの川は死体でうずまった。」、9　よみがえる川においては、「国敗れて山河あり」と冒頭から詠まれ「あれから二十年あの方もこの方も／逝きて暁ひそと虫の音きゝぬ（中略）母なる川　太田川／ふたたび未来を造型する／流動の思考よ／人間のよろこびや悲しみをひめ／つきせぬ流れ／永劫に流れてやまず」と格調高く詠まれている。

第四節　詩「未来はここから始まる」への土壌

貞子は、孤立の中から抜け出たことによって、時代の状況を深く捉えるようになった。その頃、ベトナム戦争反対運動が発足し、貞子は参加している。『ベ平連ニュース』の二〇号（一九六七年五月）に「殺すな！ベトナム戦争をやめよ！日本国民と広島市民からの訴え」と題して投稿している。[注26] それに関して次のような記述があるので引用する。なお、引用文の清水徹雄さんは、ベ平連の協力により救出されている。

・生後五カ月で被爆した広島出身の日本人米兵、清水徹雄さんがベトナムから広島に帰休し米軍離脱の表明をしたことにつづいて、同じように広島で被爆した韓国の女性、孫貴達さん（三八）が、原爆の治療したさに韓国人三人とともに、九月三十日釜山から小船に乗って出港し、山口県阿武町の沿岸につき、一夜を明かした翌日二日午後、密航者として逮捕されたと言うニュースに接した。[注27]

・戦後は、被爆者や公害患者に対する新しい差別が始まり、被爆者のなかには、更に朝鮮人被爆者や、未解放部落の被爆者があり、二重差別となってマスコミなどによって陰さんなイメージをつくりあげられ、酷薄な扱いを受けている。[注28]

貞子は、このニュースに接することによって被爆者は、日本人だけでなく韓国人の存在もあったことを知る。このことが契機となり、差別を意識することにより、公害・被爆者・民族・部落差別を知得するに至る。

貞子は、差別の問題に対峙したことから詩「未来はここから始まる」と詠んだといえる。

第五節　詩「未来はここから始まる」を読み解く

貞子が、この詩に託した心意があるので引用する。

「未来はここから始まる」は部落・朝鮮人・被爆者など、差別された者が、差別を恐れることなく自らを明らかにし、加害原点に抵抗して生きることを力づよく表現した作品である。[注29]

『栗原貞子全詩篇』（三五八頁）の「未来はここから始まる」の付記にこの詩は、「七七年三月、広島で開催された部落解放同盟全国婦人集会のために書いたもので、その〈しおり〉に掲載された」と記述されている。貞子が、差別について普遍性、確実性、透明性の希望をもって詠んでいることがわかる。これを踏まえて長い詩であるが全文を引用する。

「未来はここから始まる」（七七・二・二七）を引用する。

突然／青い閃光がひらめき／火焔あらしが　ごうごうと／渦巻く空の下／ウラニュムの黒い

雨が降り／もえあがる炎のなかで／としよりも　こどもも焼きころされた。／生き残ったひとらは／こわれた心とこわれた体を／原爆自閉症の暗い穴ぼこの／なかにいれ／悪魔の平等さえ夢見た。／「世界じゅうにピカが／ドカン、ドカン落ちりゃええ／そしたら、ピカのくるしみが／わかってもらえるだろう」／／ピカは街を焼きつくし／ビルを噴きとばし／七つの川を死体でうずめ／生き残った人の魂まで灼いた。／それでも　差別はこわれなかった。／拒まれた部落の被爆者と／行き場のない朝鮮人被爆者は／残存放射能の燃える／川のほとりの／被差別部落に／焼けトタンのバラックをつくり／差別の刺に血を流して生きて来た。／「被爆者は血がとまらない」／「遺伝する」／「嫁にもやれん　嫁にもとれん」／またもや隠微な　ささやきが／交わされて／呪縛の網はいく重にも重なった。／／ピカはなぜ落されたのか。／被爆者は　原爆自閉症の／穴ぼこから這いあがり／世界に向かって／再び被爆者をつくるなと／被爆者宣言をしよう。／朝鮮人がなぜピカに会ったのか。／母たちのウリマル（母国語）をすて／ウエナム（日本人）をよそおうのをやめ／朝鮮民族を宣言しよう。／部落はなぜつくられたのか。／かくれキリンタンのように／自分を隠して生きるのをやめ／高らかに部落民宣言をしよう。／人間を奪われたものが／たちあがり／加害原点を糾弾しよう。／未来はここから始まるのだ。／／練兵場のいちめんの瓦礫のなかに／陸軍病院の鉄製のベッドが／赫く焼けて残っていた。／ベッドの上には／魚のように焼かれた／白い骨だけの人体がならんでいた。／広島はアウシュヴィッツとともに／世界でもっとも暗い深渕だ。／人間を奪われたものが／うすい影のように生きる／酷薄な街だ。／影にされた人間がたちあがり／人間を嘲笑するきのこ雲の／時代を終らせよう。／／きのこ雲の下の地獄は／皮膚の色はちがっても／黄も黒も白も同じだ。／火焔あらしが　ごうごうと／渦巻く空の下／ベロッと剥がれた皮膚を／紐のように引きずり／幽霊のように手をたらし　どこへともなく／のろのろ動く群列。／内臓まで焼かれて黒く燻され／膨張した裸身の死屍るいるい。／地球が焼けただれ／花も咲くかず鳥も啼かず／ウラニュウムの雲が／あつくたれこめ／ヘリュウムの雨がそぼ降る／無人の星になる前に／奪われた人間をとりもどそう。／ピカは人間が落とさねば落ちはせん。／人間がつくったものが／人間の手でやめさせられないものはない。

この詩は唐突に「突然／青い閃光がひらめき」の語で始まる。原爆投下時貞子は、「一人でお台所の片づけをしていました。すると裏の畑にピカッと青い光が走りました。[注30]」と述べている。原爆は何の前兆もなく突然起こる危機感から引用したのであろう。この詩は、部落解放同盟全国婦人集会の〈しおり〉に掲載されことから、過去の原爆の惨状をそのまま、感じるまま、極めて率直簡明に平明な文体で詠まれている。詩というよりも散文ともいえる。気になるのは「悪魔の平等さえ夢見た。」という描写である。これを如何に解釈すべきであろうか。悲惨な状況に遭遇したということは同じでもその直接的被害には、重傷者、軽傷者、無傷という違いがあり、決して平等とはいえない。「悪魔」とは、重傷者が無傷の人や軽症者を見て自分と同じような重傷者であってほしいと願うほど、人間の極限まで追いつめられてのことであろう。ゆえに次の「世界じゅうにピカが／ドカン、ドカン落ちりゃええ／そしたら、ピカのくるしみが／わかってもらえるであろう」と詠んだと考えられる。貞子は原爆の惨状を実体験しただけにその被害は、私たちだけで終わらせようとする慈悲の心でもって、二度とあってはならないと念願している。しかし、ピカに会った者しか分からない、苦しみが解ってもらえないのなら、世界中の人がピカに会えばいいと思う心は、悪魔の平等な心なのであると詠んでいる。

一連での「ピカ」という語は原爆のことである。被爆当時、何か分からず、投下時にピカと光ってドンという破裂音が衝撃に起きたことから「ピカドン」と呼ばれていた。「ピカ」は二連、三連へと展開する構成となり過去を見据え、被爆の事から被爆差別、部落差別、朝鮮人差別へと展開する。

二連は差別の根深さと重圧を表現している。「拒まれた部落の被爆者と／行き場のない朝鮮人被爆者は／残存放射能の燃える／川のほとりの／被差別部落に」の描写とは、被爆後「福島町のものはそこを動くな、という指令がいずこともなく来て、軍隊が出動して高張提灯をたててね、番してた。ですから放射能がいっぱいあるなかで、福島町の人たちは逃げることができなかった。」[注31]の実態を詠んだものであろう。なお、引用文の福島町は被差別部落である。詩に広島弁を使用したことによって、より一層差別された者の苦しみが吐露され、共感をもたらし、平明な日常語の効果を巧みに利用している。

三連においての「朝鮮人がなぜピカに会ったのか」この詩句は、「一九七〇年十二月、原爆症を治療するため佐賀県串浦港に入港し、密入国の容疑で逮捕せら(ママ)れた被爆朝鮮人孫辰斗さんは、「なぜ私が広島で被爆したのか。」[注32]」といった言葉を引用したのであろう。朝鮮語を使用することによって、被爆朝鮮人の存在を示し、さらに、朝鮮人の苦悶を詠んでいる。苦悶の底から這いあがり、「なぜ」と三度も問い、根源を追究し、立ち上がり、糾弾するならば、そこから「未来はここか始まるのだ」と断言している。「被爆者は　原爆自閉症の」の語句において貞子は「被爆者たちは、重い口を開いて、体験について語り始めたのであった。しかし体験について語ろうとしても、言葉をこえた悪魔的世界について語ることができないで、「体験したものでないとわからない」と口をつぐみ、原爆自閉症の世界へ再びとじこもってしまった。[注33]」との記述から自閉症を引用したのであろう。

四連の「ベッドの上には／魚のように焼かれた／白い骨だけの人体がならんでいた。」とは貞子の実体験である。[注34]「人間を奪われたものが／うすい影のように生きる」の語は差別された人たちの実状である。影のようにされた人たちが立ち上がり、終止符を打たせようと推奨している。

いわゆる影であってはならない、光とならなければと過去から未来への提言である。

三連の「人間を奪われたものが」の詩句は部落差別された者であり、四連の「人間を奪われたものが」の詩句は広島・長崎の被爆者やアウシュビッツの人たちの尊厳もなく殺された者である。ここに差別がある。差別が如何に根強いかを表現している「影にされた人間がたちあがり／人間を嘲笑するきのこ雲の／時代を終らせよう」と差別の時代を終わらせようと希望的観察がある。しかし、五連にいくと「奪われた人間をとりもどそう。／ピカは人間が落とさねば落ちません。／人間がつくったものが／人間の手でやめさせられないものはない」と二重否定の文で強い肯定の意味としていることは、そのような「未来」が必ず来ると確信へ変わったこと解する。この詩において、過去の原爆から部落解放へと展開し、差別された者が差別する者たちに対峙し、糾弾し、差別を無くすることが「未来」となることを示しているのである。

この詩は、人間が尊重されるべき未来を問い、差別されるものが、力強く生きる未来像を描いている作品だと解せる。人間尊重が根源にあれば自ずと人間は、「未来」を見据えていくことになると述べている。


差別に関して結論づけた貞子の文章があるので引用する。

差別されると言うことは、人間が人間として生かされないことであり、差別者にとって被差別者は人間ではないから、ついには人種差別によるナチの如き大量虐殺となり、広島・長崎の原爆投下、ベトナムのみなごろし戦争となるのである。「戦争と差別なき世界」をつくるためには、私たちは日常身辺のすべての差別に対して、鈍感であってはならない。[注35]

貞子は、差別と戦争は無関係ではないとしている。戦争の根源は差別によるもので、人の尊厳を認めず、人間ではないと思うから虐待、虐殺することができるのだと言及している。また、貞子は、戦時下において思想ゆえに差別されていたことからも、差別について敏感であったと窺える。差別する者への鋭い洞察力と批判精神を持った故鈍感であってはならないと断言している。前述した孫氏が述べた言葉が貞子に影響を与えた記述があるので引用する。

被爆朝鮮人孫辰斗さんの「なぜ私が広島で被爆したのか。」と言う問い返しは、私たち一人ひとりに過去の日本の侵略と差別の歴史へ眼を向けさせ、歴史のなかでの私たちの一人ひとりの生き方を問うものである。[注36]

孫氏が広島で被爆した原因は、日本の侵略と民族差別があり歴史の中で一人一人が問わなければならないことを指示し、部落解放同盟全国婦人集会の〈しおり〉にふさわしい詩であると窺える。

第六節　『詩集　未来はここから始まる』においての「未来」、「ここ」について

詩「未来はここから始まる」は、部落解放同盟全国婦人集会の〈しおり〉に書かれたものであるため差別ということを前提にしなければならない。それ故、五節では、「差別と戦争は無関係では無い」との貞子の指摘から「未来」は核廃絶と差別がなくなることであろう。「ここ」においては差別に対峙し、立ち上がり、糾弾する時と捉えた。この節の題が『詩集　未来はここから始まる』の「〈ヒロシマというとき〉から」の節に三編記述されているが、他の詩においてどう詠まれているか思考しなければと考え、ここでは詩「未来への入り口」について考察する。

まず、この詩の時代背景である。貞子が詩「未来への入り口」を詩作した時点の「現在」は、東海原子力発電は稼動しており、日本経済優先のため核を平和利用と称して、福井県美浜発電所一号機、福島発電所一号機とが運転開始されていた。日本は、原子力発電が本格化した時期であった。当時のマスコミなどは、原子力エネルギーは、バラ色の「未来」のエネルギーであると

世論を先導していた。その実状といえば常に「核」の脅威にさらされているがこのことを認識しようとしない現実社会を、危惧して詠んだ詩が「未来への入り口」であると考えられる。「未来への入り口」（七五・一・一六）を引用する。

ここは未来への入り口だ／地上三米、コンクリートの屋根が／流れるように弧を描く人類の墓場だ。／前方に最初の悲劇の資料館があり／その下のアーケードを通して／噴水が水銀灯のように／白く輝いている。／死者たちは　今も灼けつく渇きに／人気のない時　石棺を抜け出し／したたる水をのみに行くだろう／／ここは未来への入り口だ／世界中の人たちは／写真機を胸にぶらさげて／さりげなくやって来るが／ほんとうは自分たちの終末を／みとどけるためにやってくるのだ／恋人たちは資料館の熔けた人骨の／飴のように流れくっついた／金属やガラスの食器の前に／青ざめて立ちつくし／母親たちは　抱いているこどもを／焼き殺されまいと／しっかり抱きしめる／／ここは未来への入り口だ／世界はここを通り抜け／炭化した人間の廃墟を／よみがえらせることが出来るのだろうか。／ほのぐらい展示室に／まぎれこんだ鳩が一羽／窓枠にとまって首をかしげている

冒頭から「未来への入り口」と詠み、三度繰り返されていることから、この詩句が詩の焦点で

あることがわかる。現在時という一点の中に「過去と未来」が見通せるような時間構造が内包されている。原爆は過去のものでなく、現在も未来へも継続されると詠み、立ちもどらねばとのメッセージである。あたかも過去が現実のものとなった時を想起して、「母親たちは抱いている子どもを／焼き殺されまいと／しっかり抱きしめる」この詩句に「未来への入り口」の表現化と捉えることができ、ここに「未来」の恐怖がある。原爆の遺品の展示から、原爆の過去の過ちを常に見据え立ち帰り、入口を通らなければと示している。過去の惨状が現実となる未来図を予見し、核廃絶を訴え、核廃絶をせねば、同じことが起こるという警鐘をならしている。結文の平和の使者である鳩が首をかしげることは、これで良いのかと読者に投げかけている。

この詩において「未来」は「核の終焉」であり、「ここ」は、「被爆地ヒロシマ」であろう。「未来」について貞子の見識を述べた文章が存在するので引用する。

・ヒロシマ、ナガサキは決して過去の出来ごとではなく、核時代の行く手にたちはだかっている未来風景であり、被爆以来絶えることなく続いている痛みであって、核時代が終焉し、核の脅威が完全になくならない限り過去のものにならないことを意味しています。[注37]

・なぜ未来なのか。ヒロシマは過去の事件や問題ではなく、現在の、そしてより多くは人類未来の存亡にかゝわる問題だからです。[注38]

貞子は、ヒロシマ、ナガサキは過去の出来事としたら、忘れ去られ、繰り返される。それ故に過去の出来事ではなく核の脅威がある限り、ヒロシマ・ナガサキに起きた惨事が「未来」に起り、人類の滅亡に繋がるものと捉えている。だからこそ、人類生存のため人間的実感をもって核時代の「未来」を予兆し、警告している。そして、核廃絶して初めてヒロシマ・ナガサキは過去のものになるのであると提言している。つまり「原爆」の出来事をどう受け止め、どのように消化するかで「未来」は分かれていくのだということをいわんとしている。

おわりに

本章においては、『詩集　未来はここから始まる』の扉に「一度目はあやまちでも／二度目は裏切りだ／死者たちを忘れまい」という「序詩」が記載されていることは、この詩集を指し示すことから「序詩」が詠まれた背景を述べた。さらに、『詩集　未来はここから始まる』の「〈私は広島を証言する〉から」の章に「原水禁運動分裂当時の孤立と傷心の中で書いた。」と記載されている。この文と類似する文章が貞子の著書四冊に記述されていることから貞子の心痛は多大なものと考え「孤立と傷心」に陥った因果関係を述べた。また、そこからの脱却への端緒は、母や親友篠枝の死に直面し、複雑な「現世」の人間関係の中で、「死」という単純で純粋な状況へと導かれ、清浄化された死者との関わりを想起したことであった。貞子は、死者たちの愛を感じ、死は、完結でなく連続した親しい世界であることを意識した。死という厳粛なものを前にして、自分の苦しみがいかに小さいものであるか、生きていうことのできる自由を再確認した。

人間不信となった原因は、自己のおごりや独善性にあったと自覚し、自分の苦しみはいかに小さいかを悟り、その結果、閉ざした心を溶解させ、回復へと向かわせたことを明らかにした。また、回復後の詩がどのように変化したかも考察した。

貞子が、孤立の数年間を経験したことによって、自分のおごり、高ぶりが、自分本位であったことに気づき人間的に成長し、貞子は、二度と轍を踏まず死に至るまで優しい愛の人であったと述べた。

詩「未来はここから始まる」は、部落解放同盟全国婦人集会の〈しおり〉に掲載されていることから、差別と戦争は無関係ではなく、差別と核がなくなった時を「未来」とし、「ここ」は差別も核も無くそうと立ち上がったまさにその時であるとした。また、「未来への入り口」において「ヒロシマ」は「未来」にありうるものとし、「未来」は、「核の終焉」であり、「ここ」は「被爆地ヒロシマ」であると述べた。

現在の核体制は、やがて起こり得る恐怖の「未来」を黙示録的な死滅の危機に直面していると予見している。今はまだ間に合う。貞子の悲痛な叫びが窺える。

注

1 栗原貞子『詩集　未来はここから始まる』詩集刊行の会　一九七九年四月　二三頁。
2 栗原貞子『栗原貞子全詩篇』土曜美術社　二〇〇五年七月　三五八頁。
3 栗原貞子「耐えられるか」『子どもたちに平和な地球を残したい』日本子どもを守る会　一九八二年四月　五三頁。
4 栗原貞子 著者と語る 「原爆体験を伝えるということ　「生ましめんかな」「ヒロシマというとき」の周辺」『国語通信』一九八三年七月・八月号　第二五七号　筑摩書房　一九八三年八月　三一頁。
5 栗原貞子「ヒロシマの文学の回想と今日　—広島文学館構想に際して—」『詩と思想』一九八七年第三八号　土曜美術社　一九八七年八月　一三九頁。
6 栗原貞子「黒い折鶴の心」『月刊社会党』一九八八年一月号　第三八四号　日本社会党中央本部機関紙局　一九八八年一月　一二一頁。
7 栗原貞子「広島・現代の救済」『ひろしまの河』復刊一号　原水爆禁止広島母の会　一九七二年七月　五頁。
8 栗原貞子『証言は消えない—広島の記録2』中国新聞社編　未来社　一九六六年六月　一六六頁。
9 栗原貞子『ヒロシマの原風景を抱いて』未来社　一九七五年七月　一四一頁。
10 注9に同じ。　二五〇〜二五一頁。
11 栗原貞子「ヒロシマに生きた女たち」『季刊　長崎の証言』第三号　長崎の証言の会　汐文社　一九七九年五月　六二頁。
12 「あとがき」注7に同じ。　八頁。

13 栗原貞子『どきゅめんと・ヒロシマ24年　現代の救済』社会新報　一九七〇年四月　四八頁。
14 「あとがき」『ひろしまの河』復刊第一五号　原水爆禁止広島母の会　一九六七年八月　一六頁。
15 栗原貞子『詩集　私は広島を証言する』詩集刊行の会　一九六七年七月　三六頁。
16 栗原貞子『ヒロシマというとき』三一書房　一九七六年三月　五三頁。
17 注1に同じ。　同頁。
18 詩　栗原貞子　画　吉野誠『詩と画で語りつぐ　反核詩集画　ヒロシマ』詩集刊行の会　一九八五年　二一頁。
19 注15に同じ。　六〇頁。
20 伊藤眞理子「栗原貞子の詩と思想　『栗原貞子を語る　一度目はあやまちでも』広島に文学館を！市民の会　二〇〇六年七月　五七頁。一九九一年広島中央図書館に於いて「正田篠枝文学資料展」が開催される際に、伊藤氏が篠枝の未発表の短歌を見つけ、栗原貞子研究に役立つ物として、貞子に宛てた書簡に記述したものを、『栗原貞子を語る　一度目はあやまちでも』に記載した短歌である。なお、五首記載されているが、ここでは三首に留めている。
21 注16に同じ。　六七頁。
22 注15に同じ。　六六頁。
23 注13に同じ。　二七八頁。
24 栗原眞理子「思い出すまま」注20に同じ。　九五～九六頁。
25 栗原貞子『詩集　ヒロシマ・未来風景』詩集刊行の会　一九七四年三月　六二頁。
26 栗原貞子「さまざまな日本人の声」『ベ平連ニュース縮刷版』「ベ平連ニュース縮刷版」刊行委員会　一九七四年六月　五三頁。
27 注13に同じ。　六七～六八頁。

28　栗原貞子解放の思想18「国家悪を逆照射する被差別者たち＝栗原貞子」》部落・朝鮮人・被爆者・公害患者を軸に《『解放教育』一九七三年四月号　第二二号　明治図書出版　一九七三年四月　一一〇頁。

29　注18に同じ。　五一頁。

30　栗原貞子『核時代に生きる』三一書房　一九八二年八月　一六六頁。

31　「ヒロシマ・ナガサキから　討論」『原爆から原発まで―核セミナーの記録(上)』編者原爆を伝える会　柏心社　一九七五年七月　二三〇頁。

32　注9に同じ。　一六二〜一六三頁。

33　注9に同じ。　一九二頁。

34　栗原貞子「報告！憲法をとりでに平和創造を」『月刊社会党』一九八一年五月号　第二九八号　日本社会党中央本部機関紙局　一九八一年五月　一二頁。「私は、広島に原爆が投下されまして数日後、爆心地から〇・五キロの紙屋町の西部第二部隊の跡を歩きました。一面の瓦礫の中に、無数の鉄兜が赤く焼けて転がっていました。また、陸軍病院の鉄製の骨だけになったベッドの上には、まるで魚でも焼いたように、白骨だけの人体がのっかっていました」とある。

35　注28に同じ。　一一六頁。

36　注9に同じ。　一六四頁。

37　注25に同じ。　一頁。

38　栗原貞子「ヒロシマについての未来について」『旭川市民文芸』第二一号　旭川図書館　一九七九年一一月　五四頁。

第二部

第五章　「一度目はあやまちでも／二度目は裏切りだ／死者たちを忘れまい」について

はじめに

栗原貞子の『詩集　未来はここから始まる』は、一九七九（昭和五四）年四月に詩集刊行の会から発刊されている。この詩集の扉に「一度目はあやまちでも　二度目は裏切りだ　死者たちを忘れまい」の「詩句」が記されている。その後、この「詩句」は貞子の一三編の詩に登場し、繰り返し詠まれている。

このことは貞子が重要視した「詩句」であるとして、考察する。

ここで留意しなければならないのは、『詩集　未来はここから始まる』には、「一度目はあやまちでも　二度目は裏切りだ　死者たちを忘れまい」となっていることである。そこには、死者に対して忘れないことが最も大切であり、忘れたならば、死者への冒涜となる故この「死者を忘れまい」と詠んだのであろう。しかし、その後、初めてこの「詩句」が詠まれた詩「死んだ少女のこえ」(一九七八・九・一五)においては、「死者たちを忘れまい」ではなく、「死者たちへの誓いを忘れまい」となっている。このことは、死者たちの前で死者を忘れまいと誓っているのではないだろうか。その後この「詩句」が用いられている。四章で述べたように貞子は「序詩」としているが、これらのことを踏まえこの「詩句」を今後「フレーズ」と記述する。なお詩は、詩作の時系列ではなく『栗原貞子全詩篇』に配列されている順に記述する。

また、四章でこの「詩句」の貞子の真意を述べたので五章においては一三編の詩各々の解釈をする。

第一節 「フレーズ」が詠まれている詩群

「死んだ少女のこえ」(七八・九・一五)を引用する。

夏の終わりは/エーテルのように　陽の光が/白くかぎろい/人影もまばらな小公園。/

ドームは有刺鉄線の/荊冠をのせられたまま/崩れた煉瓦の内壁に/ほの暗いケロイドを刻

んで／佇っている。／／元安川にボートを泛べている恋人たち。／水の底から呼ぶこえをきかなかったか。／「乗せて行って」／「つれて行って」／「私の家へ」／「母さんのところへ」／今も水底に藻のように髪をゆらめかし／ふくれた肢体を／水に漂わせながら／かすかに呼んでいる少女たち。／／あの日家屋の疎開作業に動員され／炎に追われて／川にのがれたまま／私たちはまだ見つけてもらえないのです。／川沿いの道を行く人たちは／川をのぞいて見るけれど／遠いい昔の神話のできごとでも／あるように／橋をわたって行ってしまうのです。／あれからずっと呼んでいるのです。／「おねがい、つれて行って」／「私の家へ」／「母さんのところへ」／／今も水の底から　地の底から／死者たちは呼んでいるのに／「奇襲攻撃だ」／「シェルターをつくれ」と／声高に叫ぶカーキー色の狂信者たち。／一度目はあやまちでも／二度目は裏切りだ。／死者たちへの誓いを忘れまい。

この詩のステーションは原爆ドームのそばを流れる元安川である。原爆投下時、爆心地に近い元安川沿岸地域で建物疎開作業をしていた学徒動員や国民義勇隊は、熱線と爆圧を全身に受け、その場で即死したり、熱傷の身を火焔に追われて元安川に入って息絶えている。詠まれているように、被爆投下時の元安川には想像を絶するような事実があった。

詩作された当時、元安川にボート小屋があり、夏になると家族連れや若者がボート遊びを楽しんでいた。川は同じであるが、水面は、恋人たちがボートを泛べ、青春を謳歌している平和そのものの、原爆投下時から三十年余り経った現在である。川底は、時空を超え被爆投下当時という設定である。水面の恋人たちと、水底での青春の意味すら知らない少女を対比させている。それ故、「つれて行って」／「私の家へ」／「お母さんのところへ」との句には一層哀切感がある。現在は、被爆当時に、建物疎開の作業中に被爆死した僅か、一二、三歳の少女のことなど、忘れ去られている。しかし、川底は被爆当時のまま継続している。貞子は、過去に照明を当てることによって「再軍備」している現在の日本の現状を浮かび上がらせている。平和憲法の完全なる空洞化である。「一度目のあやまちでも／二度目は裏切りだ。」の詩句の自覚、責任を受け止めようとしないための警告として「フレーズ」を最終連に置き戒めている。

「こどもたちの頭上に太陽を」（八五・一・一）を引用する。

日本の首都東京湾に／原子力空母カールビンソンが入港したあと／四十年目の新年は重くきびしい。／原爆の廃墟のなかで迎えた新年は／お餅もおせちもなく／バラックのすきまから／粉雪が舞いこんで寒い正月だった。／それでも　もう天から青い光が／閃くこともなく／焼夷弾も落ちはしないと／家族はうなずいた。／／けれども　死んだ人は帰って来ず／生き残った人も原爆症で／血を吐いて死んで行った。／原爆病はうつると言われて差別され／農家の納屋やバラックに住んで／「世界中にピカがドカン　ドカン／落ちりゃあええ」と／悪魔の平等さえ夢見た。／／十年目　ビキニの水爆実験で／やっとたちあがり「生きてよかった」と／手をとりあって泣いた。／三十五年目／「国民ひとしく受忍せよ」とたしなめられ／老いた被爆者たちは怒りに身をふるわせた。／ビルラッシュの街の片隅で／うす影のように生きて／二世、三世が突然、白血病でなくなり／小頭症の患者が片言で話しているのだ。／／四十年目　宇宙にまで／核の刺がはりめぐらされ／終末の時計は三分前をさしている。／開戦の臨時ニュースも放送されず／或る日、突然、青い光が閃いて／放射能チリが太陽をさえぎり／地球は暗くて寒い核の冬になるだろう。／／一度目はあやまちでも／二度目は裏切りだ。／死者たちへの誓いを忘れまい。／時間ぎれの太陽をとりもどそう。／こどもたちの頭上に太陽を輝かせよう。／失った草の匂いとうたごえをとりもどし／眼をあげて明日へ向かって歩き出そう。

この詩の一連では、「核は持ち込まない」との非核三原則が公約とされているのに、原子力空母が東京湾に入港し、「核」への危機感がある現在の新年と四〇年前、戦争から解放された敗戦後、貧しくもあるが平和な新年とを対比させている。二連では、被爆者は風評被害によって差別され、悲惨な生活を余儀なくされた。被爆者は「体験した者でないと分からない」との思いがあった。それは、他者への拒絶として受け止められたことによっての苛立ちと失望であった。その思いのはけ口として、「世界中にピカがドカン　ドカン／落ちりゃあええ」と腹立ち紛れに詠んでいる。「悪魔の平等さえ夢見た」との語は通常不謹慎な考えであるが、原爆で生き残った者も差別によって苦しみ、その苦しみを分かってもらいたい。大変な目にあった体験は、体験した者しか分からないが、体験した同じ体験を、他者との切実な共有との思いがあると詠んでいる。

大田洋子は、占領軍のプレス・コードが解禁になった後も、原爆タブーが尾を引いて、文壇やジャーナリズムから、「原爆もの」、「広島もの」と揶揄された。彼女は、『半放浪』（『新潮』一九五六・三）の中で「…水爆実験があって、東京に死の灰と云われるものがふって来た。（ざまを見ろ）と私は思った。死の灰にまみれてぞくぞくと死んで見るとよい。」と記述している。これまで冷遇された洋子の憤りから発した言葉である。

被爆一〇年後、ビキニ水爆実験で、久保山さんが死亡したことによって、被爆の実情がマスコミによって報道され、多くの人が認識し、理解した。このことによって被爆者は、何とか精神的に安堵した。しかし、被爆三五年目の一九八〇年国会において、「被爆者対策は広い意味の国家補償の見地から講じられるべきもの」としながら「戦争による犠牲者は国民が等しく受忍すべき」とされ、被爆者が失望と怒りに震えたのである。放射能は被爆した一世だけでなく、二世、三世とさらに小頭症にも影響している。ここでの「小頭症」とは妊娠初期において胎児が大量の放射能を浴びたことによって、頭囲が小さく知能や身体に障害がある症状のことである。いわゆる放射能は胎児、一世、二世、三世とに影響を与えるのである。四連では、被爆四〇年後の今日である。「終末の時計は三分前をさしている。」の語句とは、世界の科学者による『原子力科学者会報』は、一九四七年以来、人類滅亡を午前零時とした「終末時計」の毎年発表である。詩作当時は、その時計が残り時間をわずか三分であった。このまま「核」を進めていくと「或る日、突然、青い光が閃いて／放射能チリが太陽をさえぎり／地球は暗くて寒い核の冬になるだろう。」と詠まれている。この詩句は、原爆投下時きのこ雲によって太陽が遮られ辺り一面暗闇となり、真夏なのに寒く震えたという実情があった。これを踏まえて突然原爆が使用されたならば、きのこ雲によって太陽は遮られ、植物は熱風と放射能によって枯れ、地球の終末となると詠まれている。このような状況になる前に、希望のある未来多き、子どもたちのために「死者たちの誓いをわすれまい」と「核」のない明日に向かって歩き出そうと希望的志向で結ばれている。

「八月の死者たちのために」(八七・七)を引用する。

八月の死者たちのために／ことばをきたえよう。／いくらあの日の「私」のデテールを／語っても　ヒロシマは語れない。／焼けただれて死んだひとりのこどもの／死の意味さえ語れない。／／死者たちをして語らしめよ／死者たちよ、そちらの方から／私たちの生きざまがよく見えるだろう。／死者たちの無念は炭化し／黒く凍結したままなのに／生き残ったものの記憶は腐臭を放ち／あの日の真実を語ることはできない／平和学のJ・ガルトゥンクさんは／「ヒロシマ、ナガサキは過剰な輸出のように語られすぎた」と言った。／語られ過ぎて磨滅し真実から遠くなって／しまったのだ。／／八月の死者たちのために／ことばをきたえよう。／占領軍のプレスコードは神話となり／飽食と饒舌でことばは腐蝕し、／さびついてしまった。／さびついた　ことばを磨き／死者たちの怒りを　核をあやつる者たちへ／つきつけよう。／／ヒロシマは八月六日の朝始まったのではなく、柳條(ママ)湖の日本軍の一発で始まった。被爆した私たちは　軍都広島の民草でありつづけたのだった。／ヒロシマはヒロシマにだけあるのではなく世界中にあることを／世界の空に死の灰は渦巻き／水もミルクも野菜も汚染されて／世界中の人間が人工の放射能に／病んでいるのに／あの日の「私」のデテールだけを語るな。／／過去、現在、未来を貫通する／鋭くとぎすまされたことばで／一瞬世界を凍りつかせよう。／核をあやつる者たちを／蒼ざめさせ　立ちどまらせよう。／一度目は　あやまちでも／二度目は裏切りだ／死者たちへの誓いを忘れまい。

詩の唐突から「八月の死者たちのために／ことばをきたえよう。」とは、あの日の惨状は筆舌に尽くせない。いくら言葉を紡いでも語れない限界があり、もどかしさがある。それほど甚大な惨劇であったことが詠まれて、三連に行くと再度「八月の死者たちのために／ことばをきたえよう。」と詠まれている。一連の限界があるもどかしさだけではなくさらに、二連では「語られ過ぎて磨滅し真実から遠くなって／しまったのだ。」という現状とその上言葉は、三連において「飽食と饒舌でことばは腐触し、／さびついてしまった。」なのだと詠まれている。このことから如何に言葉に表現することは、二重、三重の困難があることを強調していると捉えられる。「占領軍のプレスコード」とは、一九四五年九月から占領軍は原爆の悲惨を隠ぺいするため原爆については、語ることも記述することも検閲の許可が必要であり、検閲は、一九五二年サンフランシスコ条約の発効まで続いた。そのような時代背景があった。原爆の惨状は、八月六日に突如起きわけではなく、過去を遡のぼればその発端は柳条湖事件である。柳条湖事件とは、一九三一年九月一八日中国東北部の奉天（現在の瀋陽市）の近郊柳条湖付近で日本が所有している南満州鉄道の線路が爆発された事件である。関東軍は中国軍の犯行と発表し、満州における軍事介入、占領を口実としたが、事実は関東軍が実行した謀略事件のことである。そこから端を発し、遂に原爆投下に至ったことである。五連においては、「過去、現在、未来を貫通する／鋭くとぎすまされたことばで」と一貫した最大の限りの言葉である。言葉の威力によって「蒼ざめさせ　立ちどまらせよう。」と何としても阻止しようと貞子の悲痛な思いを詠んでいる。

「ヒロシマ消去法」（八九・七・五）を引用する。

川はあの日の死者たちを呑んで／さり気なく流れ／岸はあの日の修羅を緑でおおい／高層ビルが　たちならんで／川面に影を　うつしている／／ドームは樹脂加工のベトンで／塗りこめられ／崩壊をまぬがれて立ちつくし／頭上に有刺鉄線の荊冠をのせ／焼けただれた煉瓦の地肌を／あらわにし　きのこ雲の下の／血と炎の日を証言している／／この川に遊覧船の「るんるん」と／「すいすい」を浮かべて／川を降るという趣向なのだ／あの日　川は死体で埋まり／藻のような髪をゆらめかし／「お家にかえりたい」／「母さんのところへかえりたい」と／いまも動員の女学生が／助けを求めているのに／「天皇陛下万才」と　先生と一緒に／水没した中学生たちが／「お母ちゃん」「お母ちゃん」と／呼んでいるのに／その声をきくともなく／るんるん気分で　すいすいと／川を降るというのだ／岸辺に不沈空母の軍拡首相の／句碑を建て／平和公園のガイドマップや／広島読本にのせ／侵略の旗じるしの日の丸の旗を／常時　慰霊碑の上の空に／ひるがえしているのだ／／平和は明るくてたのしいものと／ピースタワーをつくり／原爆を投下した高さから／繁栄の広島を展望させるというのだ／投下地点でボタンを押させる／ゲームマシンも設置するのだろうか／六月二三日の沖縄の日を消し／八月六日のヒロシマの日を消し／侵略を進出と書きかえさせ／マネーとグルメで　すべてを／忘れさせ／新しい戦前へ向かわせようとするのだ。／／死者たちよ　安らかに眠らないで／下さい　石棺を破って　たちあがり／飽食の惰眠に忘却する生きている／亡者を　はげしくゆすって／呼びさませて下さい／／一度目は　あやまちでも／二度目は裏切りだ／死者たちへの誓いを忘れまい

この詩は、「死んだ少女のこえ」と姉妹編とも取れる。三連では、被爆当時に亡くなった旧制女学生、中学生の実情である。しかし、突如詩は「岸辺に不沈空母も軍拡首相の／句碑を建て」と変わる。なぜ貞子はこの詩句を挿入したのであろうか。一九八三年当時の中曽根首相が広島の平和記念式に出席した。その後、原爆養護老人ホームを訪れ、「病気は気が滅入るから起こる。根性がしっかりしていれば病気は逃げる。体力は気力についてくる」と発言した。放射能被害など、根深い健康不安にさいなまれている被爆者は、「首相は被爆者の本当の姿を知っていない」と反発した。その後、広島双葉ライオンズクラブは、中曽根首相が平和祈念式典に出席して詠んだ句を、平和記念公園東側対岸の緑地帯に詩碑を建立した。「前首相の句碑は広島市にふさわしくない」と反対派の人たちが座り込むなどがあり、句碑は据えられたものの除幕式は中止された経緯をなんとしても詠み、中曽根批判を読者に訴えたかったのであろう。さらにその批判は「侵略の旗じるしの日の丸の旗を／常時　慰霊碑の上の空に／ひるがえしているのだ」と続く。

詩「旗（二）」（七五・九）の中に「日の丸の赤は　じんみんの血／白地の白は　じんみんの骨」

と詠まれていることから、「日の丸」は、旧日本軍の忌まわしい物として象徴される旗である。

さらに沖縄の日、原爆の日を消し、侵略を進出と歴史を書き換えた事への批判である。詩句の「侵略を進出と書きかえさせ」の描写は、一九八二年六月二六日、文部省が教科書検定に高校の歴史教科書において中国華北地域への「侵略」を「進出」と書き換えさせた事実をマスコミによる報道があったことから詠まれたと考える。このように詩句を読み進めると貞子の憤りが激怒に変えられていることが解せる。

詩作された当時、世界の核保有国は、米国、ロシア、イギリス、フランス、中国、イスラエルがあり、核の保有数は約六万発にまで達していた。そのような世情を「飽食の惰眠に忘却する生きている／亡者を／はげしくゆすって／呼びさまさせて下さい」と辛辣な語で詠み、貞子が掲げる「平和・反戦・反核」とは、逆行している現実を見て、歯ぎしりする思いなのか、生存者だけでなく死者からも喝を入れて下さいとまさしく背水の陣の心境で詠んでいる。

「爆弾と花輪　―ナガサキの兄妹へ送る―」（八九・一一・二五）を引用する。

　年月に漂白され／熱戦で灼かれた日も遠くなり／飽食に馴（な）れて／野草でつくった団子の／にがい味も忘れ／風化はしのびよって　いったのだろうか。／／ころあいをはかって爆弾を／花輪に擬装し／核馴らしの使命を帯びて／ロドニー・デービス号は／被爆の地へ入港した／

／岸壁に集まって叫ぶ労働者／死者たちの　写真を胸にかかげ／慰霊碑の前に座って／阻止する被爆者たち／核の有無を明らかにせぬ限り／拒絶すると制止する市長を／無視して　白い軍服の艦長たちは／慰霊碑に近づけぬまま、／遠くから花輪を供えて退散した／／死者たちを二度殺す核馴らしを／怒った被害者たちは／花輪をふんづけて　ふみくだいた／核の有無を明らかにせぬのが／原則なら／つくらず、　持たず　持ちこませぬのが／日本の国是だ／／犯罪者が家族に拒絶されるのを／無視して土足で家にあがり／殺した死者へ花を供えることが／国際儀礼と言えるだろうか／／ロドニー・デービス号を訪問して／花束を捧げた女たち／友好とは従属することではない／核馴らしを受け入れることではない／／一度目はあやまちでも／二度目は　裏切りだ／死者たちへの誓いを忘れまい

被爆の実情も年月が経つことによって忘れ去られている現実を詩の冒頭から詠まれている。

それゆえ頃合いを見て、八八年九月米艦ロドニー・デービス号が長崎港に入港したその時、長崎の被爆者や労働団体は、原爆を投下した国からの訪問者の入港阻止の運動に立ち上がった。四連の「核の有無を明らかにせぬのが／原則なら／つくらず、　持たず　持ちこませぬのが／日本の国是だ」とは、ロドニー・デービス号は核の搭載を明らかにせず、長崎港に入港したことによるものである。このことは、非核三原則を踏みにじったゆえ詠まれている。「ロドニー・デービ

ス号を訪問して／花束を捧げた女たち／友好とは従属することではない／核馴らしを受け入れることではない」と釘をさし、「フレーズ」で持って戒めている。

「ヒロシマ、アウシュヴィッツを忘れまい」（八九・一二・八）を引用する。

アウシュヴィッツの残したものは／縞の囚人服に　小さなこどもの靴の山／少女の赤いリボンの山／便器をかねた食器のボウル／人間の脂肪でつくった石鹸／髪の毛で織った布地、／アウシュヴィッツの残したものは／世界中の　青い空と海を／インクに変えても／書ききれない悲しみと怒り／ガス室で焼きころされたうめきごえ／／ヒロシマ・ナガサキの残したものは／石に焼きつけられた人の影／壁に線を引く黒い雨／体の中の放射能／胎内被曝の小頭児／天からきこえる　死者のこえ／地底からきこえる死者のこえ／／ヒロシマ　アウシュヴィッツを忘れまい／ナガサキ　アウシュヴィッツを忘れまい／一度目はあやまちでも／二度目は裏切りだ。／死者たちへの誓いを忘れまい

この詩の付記に作者は「八八年広島市県民文化センターで行われたアウシュヴィッツ展をみて書いた」と述べている。このことから一連の「アウシュヴィッツの残したものは」の描写は展示された物を具体的に詠んでいる。二連においては展示物が訴えている感情の比喩である。三連の

「ヒロシマ・ナガサキの残したものは」、放射能の顕現である。「黒い雨」は原子爆弾炸裂時放射能を含んだ重油のような大粒の黒い雨が降った事である。ヒロシマ、ナガサキとアウシュビッツの第二次世界大戦の負の遺産を対比させている。負の遺産を忘れてはならないため「フレーズ」でもっての提言である。

「日の丸の旗は　なぜ赤い」（九一・一・一）を引用する。

ヒロシマへおいでよ／自社公民合意の日の丸が　ひるがえっているよ／ヒロシマが泣いているよ／／日の丸は何ごともなかったように屋上高くひるがえり／再び真昼間の大殺りくを夢見始めた／あの旗の下でわたしらは毎朝／奴れいの誓いを誓わされ／あの旗を振って赤いたすきの父や／兄を見送った／あの旗が大陸の城壁にひるがえって以来／旗は帝国の夢を狂信した／／〝日の丸の旗はなどて赤い／かえらぬ息子の血で赤い〟／〝白地に赤く血をした、らせ／あ、怖ろしや日本の旗は〟／〝日の丸の赤はじんみんの血／白地の白はじんみんの骨〟／日本人は忘れてもアジアの人々は／忘れはしない／ゆるすな日の丸　戦争への道／／一度目はあやまちでも／二度目は裏切りだ／死者たちへの誓いを忘れまい

詩の冒頭から「ヒロシマへおいでよ／自社公民合意の日の丸が　ひるがえっているよ／ヒロシ

マが泣いているよ」と揶揄した言葉で詠まれている。詩作時がお正月ということもあり各家に日の丸の旗が掲げられている。日の丸の旗にはお正月のお祝いムードとは裏腹に、その旗の下戦争を聖戦と称し、日本国民は戦意高揚し、アジアの国を殺掠し、勝利の旗を大陸に掲げた。戦争と真逆の平和の象徴であるヒロシマにも日の丸の旗を空高く掲げている。日の丸の本来の意味を知見したらならば日の丸は「あゝ怖ろしや日本の旗」であると辛辣な語で詠まれている。過去の負の実態を忘れないために「ゆるすな日の丸　戦争への道」と詠み「フレーズ」でもって警告している。

日の丸についての貞子の講演が記載されているので引用する。

講演「子供たちに日の丸・君が代をどう伝えるか」

私に与えられました、演題は、「子ども達に日の丸・君が代をどう伝えるか」となっております けれども「日の丸・君が代」をどう伝えるかということは「日の丸・君が代」の歴史とその意味を考える。「日の丸・君が代」とは何かということを伝えることではないかと思います。（中略）戦争のたびに軍人は、「日の丸」の旗を身につけて出征し、妻や子供は、「日の丸」の旗を振って、「勝って帰れ」と戦場に送りました。「日の丸」の旗は、アジア二〇〇〇万の民衆を殺戮した侵略戦争の旗印です。（中略）アメリカは「日の丸」の旗をペルシャ湾に翻せと政府自民党を早くから説得していました。けれども決して二度と「日の丸」の旗を翻して戦争することのないよう教師と母と市民が団結いたしましょう。[注1]

貞子は詩「日の丸の旗は　なぜ赤い」を試作した五ケ月後にこの講演をしている。湾岸戦争へと自衛隊の海外派遣を危惧していることと解する。

「何のために戦ったのか」(九一・一〇・五)を引用する。

何のために戦ったのか／誰のために戦ったのか／夫も息子も帰らなかった／教え子たちも帰らなかった／広島は二十万が焼き殺され／呉は一八三一人が爆死(ばくし)した／／何のために殺したのか／誰のために殺されたのか／白地に赤い旗の下(もと)／くりひろげられた悪夢のかずかず／虐殺されたアジアの民衆二〇〇〇万／内外同胞三〇〇万／／あやまちはくり返しませんと／誓った私たち／戦争放棄の第九条／けれども掃海艇は／軍艦旗をはためかし／日の丸の波に送られて出港した／／一度目はあやまちでも／二度目は裏切りだ／くりかえすまい軍都広島／くりかえすまい軍港呉／再びアジアに銃を向けまい

この詩は他の「フレーズ」の形式とは異なるが「誓った私たち」、「一度目はあやまちでも／二度目は裏切りだ」語を詠んでいるため挿入した。この詩は掃海艇が出発したことへの批判である。故に、冒頭から戦争の愚かさが詠まれている。一連では、「何のため、誰のために戦ったのか」を問い、その結果は広島、呉の死者数が挙げられている。二連に行くと「何のために殺したのか／誰のために殺されたのか」戦争の本質を問い、虐殺されたアジアの民衆、日本人の死者をそれぞれ具体的に数字の表記である。このことから、戦争は人命の大量消費なのである。さらに、戦争は被害者も加害者も相対的なものであると貞子の見識を示している。三連において一連と二連を踏まえて、日本は戦後、戦争放棄の憲法九条を掲げた。しかし、アメリカは、「日の丸」の旗をペルシャ湾に翻せと政府自民党を早くから説得していた。湾岸戦争で日本は、米国を中心とする多国籍軍に一三〇ドルを拠出したが、人的貢献がなかったとして「小切手外交」と批判された。それを踏まえ、日本政府は「平和への国際貢献」として一九九一年四月海上自衛隊の掃海艇をペルシャ湾に派遣した。その状況は、我が身を誇るが如く軍艦旗をなびかせ、出港を見送る側も応援、歓喜とも思える旗を振っている。この情景は戦時下の戦争賛美の再現である。再び戦争への突入は裏切りである。軍事力によらない規範は、憲法九条である。さらに、「くりかえすまい」と二度詠み危機感を強調、危惧し、力説していることが理解できる。

「原爆紀元四十六年―ヒロシマの詩は脅迫に屈しない―」（九一・一一・五）を引用する。

そこには暗黒の時代が／そのまま息づいていた／滅私奉公、　一死報国／売国奴、天誅／フエルトペンの墨の痕も荒々しく／血痕まで散らされている／皇紀二千六百五十一年十月二十七日の／発信だ／／皇紀二千六百年は／真珠湾攻撃の前年だ／〈金鵄輝く日本の／栄ある光、身に受けて／いまこそ祝へこの朝／紀元は二千六百年〉／大陸から遺骨が続々かえり／ほまれの家の遺族が／しのび泣きしているのに／幼児や小学生まで動員して／提灯行列や旗行列が／全国津々浦々で行われた／／原爆も敗戦も占領もなく／現人神天皇の人間宣言もない／戦は今も続いているのだ／自衛隊を皇軍にし／国際貢献という名で／再びアジアに侵略の銃を／向けようとする者の黒い傭兵が／歴史のあやまちをくりかえすまいとする民衆に／つきつけた刃だ／／歴史の逆転は既に始まっている／元号、日の丸、君が代／大嘗祭、即位の儀式／再び神性を得た天皇の下／金や物だけでなく／人的貢献の血を流してこそ／国際社会において／名誉ある地位を得ることが／できるという／／政府の行為によって再び／戦争のあやまちがくりかえされようとしているとき　主権者の国民を黙らせ／世界の流れから再び孤立する／皇紀二千六百五十一年／沈黙は歴史を暗転させる／地獄の季節を阻止しよう／／原爆紀元四十六年／民主革命四十六年／一度目はあやまちでも／二度目は裏切りだ／死者たちへの誓いを忘れまいこの詩の時代背景として昭和天皇の崩御に伴い、次の新しい平成天皇が皇居で行う即位の儀式がマスコミの話題になったことからであろう。それ故「元号、日の丸、君が代／大嘗祭、即位の儀式／再び神性を得た天皇の下」と詠まれた詩である。

「滅私奉公、一死報国／売国奴、天誅」と戦時下での勇ましい言葉の羅列であるが、国民はこの言葉に洗脳された。皇紀は、神武天皇が即位した年を皇紀元年とし、戦前は、国外向けなど対外的な面でも西暦を使用せず、皇紀が使用されていた。このようなことから、皇紀は戦時下での国策を連想させる故に、冒頭から「そこには暗黒の時代が」と詠まれたと考えられる。次に続く〈金鵄輝く日本の・・・〉は紀元二千六百年、国民奉祝歌の歌詞である。その後に続く語は「大陸から遺骨が続々かえり／ほまれの家の遺族が／しのび泣きしているのに／幼児や小学生まで動員して／提灯行列や旗行列が／全国津々浦々で行われた」と詠まれ、戦死が名誉とされた。非人間的な状況なのに提灯行列・旗行列とお祭り騒ぎである。この詩は天皇制と政府への批判とである。

原爆投下された年を原爆紀元年とし、その後四六年経過しているが、さらに続く未来に向けての提言であろう。

このことを講演した「昭和を考える」に次のように述べている。

昭和の前半は天皇と軍、死の商人、政府支配層を一体として、天皇制ファシズムによって国民を侵略戦争に駆り立てていった歴史です。後半は、戦争に負けてポツダム宣言における民主主義の改革を行いましたが、朝鮮戦争を機に再軍備を行って逆コースが始まり、（中略）主権在民の憲法を空洞化し皇国路線、軍国主義路線へ向けて強行しようとしています。[注2]

貞子は、昭和の歴史を振り返り、反省することなく、国民の憲法をなし崩しにし、軍国路線へ舵を切ろうとしている現状を危惧している。

「始めに言葉ありき」（八二（ママ）・五・一八）を引用する。

昔　天皇／今　貢献／メディアが口うつしに伝えると／その言葉は国中で増殖される／／言葉がふくれあがると／その意味を考えようとしない人たちは／それをそのまま呑みこんでしまう／街角で署名を求められても／「貢献だから」という／息子も教え子も「コーケン」のために／鉄砲かついでかつての侵略の地へ／送られる／／人々よ、　その言葉を撃て／すり替えとき弁とペテンの言葉が／再び正義を名乗っているとき／暗黒の言葉を／真昼の太陽のように照らし出せ／真実を明らかにせよ／／その始めに言葉ありき／かつては天皇陛下万歳だった／いまは貢献万歳だ／言葉のキーワードを読解せよ／モノやカネだけでなく／日本の若者も血を流せ／グローバル・パートナーシップ（地球規模の協力）／バードン・シアリング（責任分担）／世界新秩序、新大東亜共栄圏／国連に占領されたカンボジア／／言葉をいのちとする人々よ／虚妄の言葉をゆるして／あやまちをくり返すまい／一度目はあやまちでも／二度目は裏切りだ／死者たちへの誓いを忘れまい

詩作の表記が、八二年となっているが詩の内容からみて「国際貢献」であるとみられ九二年の誤りと取れるためママを記した。

「始めに言葉ありき」の題名は、聖書ヨハネ一章一節の「始めに言葉があった。言葉は神と共にあった」の語を引用しての事であろう。それ故、言葉の権威、尊厳を表している。

しかし、貞子は言葉をメディアが伝えると国中に拡散し、しかも多くの人はその意味を考えようともしないといった危険性があると詠んでいる。その言葉とは詩を読み続けると「貢献」であることがわかる。戦前においての「貢献」は国に民が仕える国家主義であった故、天皇による国家貢献の名の下で侵略地に送られた。いわゆる「貢献」の上に「国家」が付随され国のためであるとされた。戦後は、民が主権者として、進路を決める民主社会である。しかし、人々は、「貢

献」の意味の本質を理解しようとしない。言葉の綾、危険性を詠んでいる。この詩は、虚偽の言葉を許し、過ちを繰り返さないため「フレーズ」でもっての戒めである。

貞子が貢献についてのエッセイがあるので引用する。

　十五年戦争で侵略されたアジア諸国のPKO，自衛隊の海外派兵の反対の声をきく時、国連協力・国際貢献とは、対米協力、対米貢献であり、そのことは旧軍復活の野望ほかならないことが明らかになります。言葉を用いて表現する人間として危弁やすりかえによって世論操作をすることを阻止するのは使命だと思います。[注3]

ここでの貢献は、対米貢献といかにも人道的なように聞こえるが、旧軍復活の野望である。その言葉に惑わされず阻止すべきとしている。

「許すな　戦争への道」（九二・六・二七）を引用する。

　何のために戦ったのか。／誰のために戦ったのか。／夫も息子も恋人もかえらなかった。／教え子たちもかえらなかった。／ヒロシマ・ナガサキでは／三十万人が灼き殺され／全国の街々は空襲で焦土となった。／／今も戦死した息子の写真に／毎朝　ご飯とお茶を供えている／としとったお母さん。／動員で被爆死した娘の写真に／花と線香をあげて泣いている／生き残ったお母さん／／天皇の軍隊に二千万人が殺りくされた／アジアの人々は／国連のブルーの帽子をかぶった／自衛隊はみたくもないと／日本大使館へデモをしている。／シンガポールでは／日本軍国主義の再来だと／防空壕をつくり防空演習を始めた。／自衛隊員のなかには／戦争がしたくて入隊したのではない／「海外派兵は契約違反だ」と／ポケットに退職届をしのばせて／いるものもいる。／PKOの次は国民皆兵の徴兵制度だ。／赤い紙の召集令状一枚で／あなたの息子や恋人が／戦場に送られる。／／あやまちはくり返しませんと／誓った憲法第九条／「日本の九条は世界の宝だ」と／アメリカでもヨーロッパでも／第九条を世界のすべての国の／原則にしようという運動が起きている。／政府の行為によって再び戦争の／惨禍がくりかえされようとしている時／それを阻止するのは／主権者である私たち国民だ。／私たちの力を総結集し／海外派兵を阻止しよう。／再びアジアへ侵略の銃を向けまい。／許すなPKO　戦争への道／／一度目は　あやまちでも／二度目は　裏切りだ／死者たちへの誓いを忘れまい。

この詩は、「何のために戦ったのか」（九一・一〇・五）の続編として戦争においての負の遺産が詠まれている。この詩の時代背景は、ＰＫＯの自衛隊海外派遣である。

自衛隊の「海外派兵は契約違反だ」と断定し、「ＰＫＯの次は国民皆兵の徴兵制度だ。」と憂慮し、「あやまちはくり返しませんと／誓った憲法第九条／「日本の九条は世界の宝だ」」と憲法九条を称賛することによって、政府の自衛隊の対応を阻止するのは、「主権者である私たち国民だ。」と民主主義の根幹であると読者に呼びかけ「フレーズ」が詠まれている。

「日本告発」（九二・一二・一三）を引用する。

皇民党の皇は　天皇の皇／主権在民の世に　皇民や臣民は／存在しない／存在しない筈の闇の存在が／黒塗りの街宣車をつらね／ボリュウムいっぱいあげて／マイクでがなりたてた／闇の親分が間に入って／誕生した政権／／闇の親分と派閥の親分は／不思議に共通する根っ子は／同じ皇民党／闇の金五億円を受けとり／罰金二十万円と上申書一本で／罰をまぬがれ　法の下の平等を／手品のようにすりぬけた／／闇から闇の政治に激動する日本列島／バブルがはじけて　複合不況で／都心のビルはガラ空きになり／失業者が街に放り出されているのに／〝経済大国にふさわしい／政治大国にならねばならない／そのためには　カンボジアだけでなく／ユーゴへでも／世界中どこへでも自衛隊を／派兵する〟と言う政府／／将

校には　日本人慰安婦を／一般軍人には　朝鮮人慰安婦を／軍属には　台湾人慰安婦を／天皇の下賜品としてあたえ／アジアの娘たちを／凌辱した天皇の軍隊／五十年経った今も／事実関係がはっきりしないと／答えようとしない政府／／皇民党事件も／五億円配分も／すべては闇から闇へ葬り／政治大国の野望に燃える日本／ついには原爆被害国から／加害国へ向う／プルトニュウム大国日本／世界中の眼が　きびしく向けられているのに、魔除けのように／国際貢献をとなえている日本／／小国でもいい／清潔で　謙虚で／人権と平和をめざし／アジアの人々と共に生きよう／憲法九条を世界へ広げよう／一度目は過ちでも／二度目は裏切りだ／死者たちへの誓いを忘れまい

詩の題名から「日本告発」とはただならぬ語であるが、貞子は冒頭に「皇民党の皇は　天皇の皇」と詠んでいる。何故この詩句が詠まれたのか、詩を読んでゆくうちに「皇民党事件」という句が出てくる。「皇民党事件」とは、この詩が詩作された一九九二年に、東京佐川急便事件の数千億円の資金が暴力団、右翼団体、一部は政治家に流れた汚職事件の公判である。その公判中におい て、一九八七年の総理誕生に関して金丸信氏、東京佐川、右翼と闇勢力が関わった事件が明らかになったことである。その過程で金丸氏は、東京佐川から五億円もの闇献金を受けたことが明るみとなった。これを「皇民党事件」という。この事件を題材として詠まれているが故、「皇

民党事件も／五億円配分も／すべては闇から闇へ葬り／政治大国の野望に燃える日本」と詠まれ政治不信がなおさら、増幅された故、と考えられる。日本の現状はバブルがはじけて不況の中にあるのに「〝経済大国にふさわしい／政治大国にならねばならない／そのためには　カンボジアだけでなく／ユーゴへでも／世界中どこへでも自衛隊を／派兵する〟と言う政府」は本末転倒である。憲法九条は、日本においても堅持されていない現状であるからこそ、日本は率先して憲法九条を守り、世界へ広げようと詠まれている。政治家への告発である。

「ヒロシマからのメッセージ　─豊かな海といのちを売るまい─」（九四・六・六）を引用する。

ここは死の国、半世紀前の／タイムトンネルをくぐって見る／原爆資料館の八月六日。／生命なき生命のうめきごえと叫びが／館内いっぱいに充満している。／その片隅のアクリルケースの中に／かつらのような女性の髪の毛が／展示されていた。／爆心八百米の大手町の屋内で／被爆した女性の毛髪だ。／二週間後に毛根ごとごっそり／抜け落ちたという。／直接熱線を浴びなくても／放射能を吸った者は／高熱が出て悪寒がし、嘔吐を催し／全身に青い斑点が出て髪が抜け／ついには口から鼻から出血し／腸から下血した。／／あの日、ヒロシマにいなくても／死の灰のたちこめる廃墟の街に／入市し、肉親や知人を探した人たちや／死体処理に動員された人たちも／二次放射能に侵されて／急性、亜急性の原爆症を患った。／スリーマイルやチェルノブイリの／原発の被曝者も　熱線は浴びなかったが／白血病や甲状腺を患らい／金髪の少女の髪が三つ組みに編んだまゝ／毛根からごっそり抜け落ちた。／坊主頭の少女の大きな眼が／悲しそうに、うるんでいた。／それでも核軍拡に入れあげて／破産した核超大国ソビエトには／注射針さえなかった。／／「日本の原発は安全だ」と安全神話を／たれ流し、細管破断をかくしつゞけ／原発労働者の被曝も因果関係が／不明だと否定しつゞけた。／反対住民を機動隊と札束で抑えこみ／誘いこみ、切り崩し、日本の海岸を／四十七基で連鎖した原発海岸。／一号基が出来れば　二号基　三号基が／できる。いったん落ちた地獄からは／這いあがれない。／たとえ、事故はなくても排気筒から／常時、空へ向かって吐き出される死の灰。／常時海へ排出される冷却水。／微量放射能が濃縮する。／それでも政府は二〇〇〇年までに／七基ふやして五四基にするという。／そのうちのひとつにこゝ上関が／ねらわれているのだ。／「過疎の町の地域振興だ」「福祉だ」／「国策だ」　三年前、中電は／立地環境調査をめざして／七億円の漁業施設基金を持ちかけた。／「放射能の海に何が漁業施設だ」／「食物連鎖の汚染魚を誰が買うのか」／「海の幸と孫子のいのちを／札束で売る馬鹿はいない」と／漁業組合は拒みつゞけた。／／今年三月、土砂降りの雨の中を／漁業組合員三〇〇名が広島の中電本社に／押しかけたが、会社は門を／固く閉ざして会わなかった。／「そんなに原発が建てたいのなら／あんた方の庭に建てるがいい」と／閉ざされた窓に向って漁協の主婦は／憤りをぶっつけた。／かつて日本の核のゴミを／太平洋のベラウの海に捨てようと／した時、ベラウの女たちは／「核のゴミが安全なら　宮城の濠に／すてるがよい」と怒りをぶっつけた。／／一九五四年三月、最初の原子炉予算／三億円が自然成立したとき、／日本学術会議の学者達の反対に対して／改進党の中曽根康弘代議士は、／／「反対する学者どもの頬ぺたを／札束で叩いて目をさましてやる。」／と言い　中曽根の札束予算と言われたが／札束攻勢は　それ以来続いている。／札束は原発立地のためのカードだ。／／「電源立地推進対策交付金だ」／／「着工前に九億円を」／／「着工後に別枠で近隣市町へ百億円を／交付する」と言うのだ。／その手口で周辺地区の漁協を切り崩し／さいごまで頑張っていた三重県の／芦浜漁協を孤立させたが、それでも組合員は／屈服せず闘っている。／豊かな海の幸と　孫子のいのちを／札束にかえることはあり得ない。／／原爆と原発は同じ母胎から／生まれた双体児で切り離すことは／できない。／瞬間的に爆発させれば原爆になり／ゆっくり爆発させればエネルギーになる。／「原爆、原発一字のちがい、いずれも同じ／地獄行き」／イギリスやフランスで再処理して／とり出したプルトニウム一・五屯を／今年一月あかつき丸が持ちかえった。／途中、外国への寄港はことごとく断られ／世界中から核疑惑の眼にさらされた／プルトニウム大国日本。／下北半島では高レベル廃棄物の／処理工場を建設中で九五年に／工事が完了するという。／イギリスやフランスから最終廃棄物が／ガラス固体化して運びこまれ／地下数百メートルの地層に処分するという。／これから五十万年、地震も戦争もなく／ガラス固体は地下に眠り続けるだろうか。／下北半島は暗雲に閉されて／住民は重く息苦しく生きている。／／今年四月五日、高速増殖原型炉／「もんじゅ」が初めて臨界に達した。／プルトニウムを燃やせば、燃やした以上の／量のプルトニウムが出来るのだ。／日本はプルトニウムをためこんで／何をするのだろう。／二万四千年も続く猛毒プルトニウム。／一グラムで一億人が死ぬという恐怖の／物質。核兵器以外に使い道のないもの。／アメリカの議会では、東海村の／動燃のプルトニウム工場の／残留プルトニウムをめぐって／動き始めたという。／／ヨーロッパの国々やアメリカも／撤退したのに　日本だけがつくり続ける／魂胆は何なのか。／アジアの途上国へ日の丸原発を輸出し／アジアを核汚染にさらすのを許すまい。／二千万人のアジアの民衆を虐殺した／その手がまだ清められていないうちに／二千万人の核被害者をつくるのだろうか。／核の被害国が加害国になるのを／やめさせるのは足元から始めねばならない。／上関原発の野望を許すな。／福祉設備の不備を新交付金でまかなって、／原発被曝者をつくって何が福祉だ。／前の戦争でさんざん使いふるした／国策という名の威嚇を笑いとばし／札束と利権を拒否した、萩と豊北の／誇りをつらぬき通そう。／地球にやさしい環境とは／放射能汚染を拒否することだ。／「いのち尊し。人類は生きねばならぬ」と／核絶対否定のヒロシマの道標（みちしるべ）を／打ちたてた哲学者の遺訓をかみしめよう。／一度目はあやまちでも／二度目は裏切りだ。／死者たちへの誓いを忘れまい／世界の核被害者を忘れまい。

この詩の付記に「一九九四年六月に上関で開催された原発反対集会に寄せられ、朗読された。」との記述がある。この詩は、メッセージとしてか多角的から詠まれている。冒頭より「ここは死の国」と挑発的である。一連では直接被爆者の状況を、二連では入市被爆者や原発事故被曝者の状況が詠まれている。さらに、「スリーマイルやチェルノブイリの／原発の被曝者も　熱線は浴びなかったが」とグローバルな面からも、熱線を浴びなかった被曝者の状況も詠まれている。三連と四連では、日本政府・中国電力の計画と地元民の対応である。五連では、原発が日本に導入された経緯が詠まれ、さらに、中曽根氏の暴言である。六連では「原爆と原発は同じ母胎から／生まれた双生児で切り離すことは／できない。」と原発の危険性が挙げられている。六連ではプルトニウムの危険性である。なお、七連で詠まれた「哲学者」は、森滝市郎氏のことであり、同氏は、この詩が詩作された年の一月に死去している。このことから森滝氏が生前明言していた「いのち尊し。人類は生きねばならぬ」と示し、「核絶対否定のヒロシマの道標（みちしるべ）を／打ちたてた哲学者の遺訓をかみしめよう。」詠んだと考えられる。森滝氏と貞子は核実験のあるごとに原爆慰霊碑の前で抗議を表明するため座り込みをしている。このような同志に対し、悼む思いがあってのことと考えられる。

一発の原爆によって広島は焼け野原となり、多くの人が一瞬のうちに死体と化し、生きの残った者も放射能汚染により身体ばかりでなく心までも傷ついたそのような現実がある故、「世界の核被害者を忘れまい。」と重力感のある文面において結ばれている。

第二節　「一度目はあやまちでも／二度目は裏切りだ／死者たちを忘れまい」の意義

こうして「フレーズ」を列挙してみると「死んだ少女のこえ」は抒情的な詩であるため、強烈な「フレーズ」とは感じられないが、その後の詩においては、その時代の世情のニュースに合わせて、日本の世情を批判、警告、戒め、告発となり貞子の体現となった詩であるとことがわかる。人間は、ともすれば過ちを犯すかも分からない危険性をもっている。人間の尊厳を固守していくためには痛みに立ち返り、過去に立ち戻らなければ、踏み間違えてしまう。それ故この「フレーズ」は、『栗原貞子全詩篇』の中で一三回も詠まれている。

貞子は、原爆の極限状態、阿鼻叫喚の惨状を実体験した。死者たちは、戦争を望んで死んでいったのではない。平和を望んで死んだのである。その事実が根底にあるからこそ、生き残った者は、死者たちの平和への思いを継承し、恒久平和を目指し、厳守しなければならないのである。原爆を乗り越えて永久平和を希求する崇高な精神が貞子に宿っている故にこの「フレーズ」は、悲痛なまでの切実感であるといえ、それ故貞子の詩の中に何度も繰り返されているといえる。

結論として、この「フレーズ」は貞子の悲痛な叫び、祈り、平和への信念、原爆で生き残った者の責務として、二度と戦争へと突き進まないための戒め、メッセージである。さらに必然性、確実性、絶対的真理としてのものである。過去に立ち返り、現状を踏まえて未来への危惧が詠まれている。また、この詩群は二〇年弱の過程で自分自身の事、社会全体のあり様を詩に託し詠まれていることは、貞子の生きざま、ヒューマニズムが表現されたといえる。

貞子の真意を表明した文章があるので引用する

> 死者たちへの誓いを忘れまい。同胞三〇〇万、アジアの民衆二千万の死を無意味にせず、子どもたちの未来のために、基本的人権・平和・主権在民の憲法を皆さんと共に守って、世界に平和憲法をひろげ、世界平和を実現いたしましょう。[注4]

貞子が念願する、未来の子ども達のためにも世界の平和を実現させようと投げかけている。ここに貞子のいう「過去、現在、未来」の精神が生きづいているといえる。

注

1　栗原貞子『問われるヒロシマ』三一書房　一九九二年六月　二七五〜三〇四頁。　初出「広教祖三次支区市民講法講座　九一・六」。

2　注1に同じ。　二一八頁。　初出社会党中四国婦人ブロック集会（八八・一〇）。

3　注1に同じ。　三〇八〜三〇九頁。

4　栗原貞子「…広島で考える…」『月刊　ヒューマンライツ』一九九二年五月号　第五〇号　部落解放研究　一九九二年五月　六七頁。

第六章　原爆文学論争

はじめに

栗原貞子は第一次原爆文学論争に加わっていないが、第二次原爆文学論争では、貞子が唇を切り第二次原爆文学論争へ発展したことから明らかにするため章を立てた。

原爆の文学は、広島出身の疎開作家大田洋子著『屍の街』や原民喜著『夏の花』が作家自身の被爆体験をもとに、被爆年内に書かれたが、占領軍のプレス・コードの禁圧により被爆数年後自己削除によってやっと出版可能になった。原爆投下された広島、長崎は地方都市であったことから、原爆文学はローカリズム、マイナーな作品とされていた状況があった。

『近代文学』一九五二年七月号に「作家態度（アンケート）大田洋子」が記載されている。要約すると次のようになる。
①　作品発表形式について制約を感じることがありますか。あるとすればどのような制約ですか。
②　創作に際して社会的・政治的理由から自由を束縛されたことがありますか。③今後どのような方法によって書かれるつもりですか。という内容であった。
大田洋子はその返答の中で①、②に関して制約を感じます。さらに、②においては、「占領政策や戦争準備や法律で、書きたいけど書くということがゆるされないなどということは、本来ならば絶対にないことなのです。」③では、「たぶん今後も私は原子爆弾を素材にしての、人間を主題にした作品を書いて行くだろうと思います。」と記述している。江口渙氏は、「さすがの原爆ものも種ぎれと見える。広島へ行って種を仕入れて来てはどうです。大田さん」と、揶揄した文章を『新日本文学』の文芸時評に投稿していた。それについて、大田は「こういう不謹慎なことをいう暇に自ら広島に出かけて裏町の隅々にどれだけの原子爆弾不具者が辛うじて生きているか、一眼見て来るといいのです」と記述している。

しかし、江口氏は、「〈大田洋子・江口渙論争〉大田洋子に答える」（一九五三年三月号の『近代文学』）と題して「抗議文をよくよんで見ると大田洋子は私の文章をどうしたわけか、すっかりよみ違えているのだ。大田洋子がかいているように「さすがの原爆ものも種ぎれのていと見える」などとあたかも原爆文学一般が種ぎれになったとは、この私はどこにもかいていないのだ」と大田が誤解しているとして非難に応えている。

このような事情があったことから『グランド・ゼロを書く』の著者トリート氏は、一三五頁に「流通の限られた東京の雑誌内における両社の論争は、広島の『中国新聞』へと飛び火していた。一九五二年の大田のエッセイが直接の発端ではないにせよ、そこでもやはり、原爆文学は存在しうるのか、という問題が扱われている。」と記述している。では、飛び火したとされる『中国新聞』においての論争は、どのような様相であったか考察する。なお、トリート氏は前同書の一四七頁において第三次原爆文学論争と称して、林京子の『ギヤマン　ビードロ』に対し中上健次のコメントを記述しているが、この論争には、貞子が関わっていないのでここでは省略する。

一九五三（昭和二八）年一月二五日付け、『中国新聞夕刊』学芸欄に志条みよ子による一文「原爆文学について」が掲載された。このことが発端となり中国新聞夕刊において四月半ばまでのほぼ三ケ月にわたって、反論・再論など所謂原爆文学論争が起きた。

さらに、一九六〇年三月一九日の『中国新聞朝刊』学芸欄に栗原貞子が「広島の文学をめぐって上」を、三月二一日に「広島の文学をめぐって下」を掲載したことから、第二次原爆文学論争が一九六〇年五月末まで続いた。五月二〇日に貞子の「深層意識のなかの原爆」に続いて、五月二七日に幡章氏が、「能力と必要性の混同」として否定側に反論して第二次原爆文学論争は『中国新聞朝刊』においては終わった。しかし、その間四月二四日の『中国新聞夕刊』日曜日学芸欄の「かんかんがくがく」に匿名で様々な人の表白が記載され、それが六月一九日まで続いた。この論争は、原爆文学をめぐっての論議を巻き起こし、多様な立場の人々を巻き込み、原爆と表現について考えさされた意義は大きいとされている。

第一節　第一次原爆文学論争

広島において、第一次原爆文学論争が発端となった時代背景

第一次原爆文学論争が行われた前年の四月には米講和条約が発効され、プレス・コードが解けた。それまで原爆被害の事は、プレス・コードにより隠蔽されていた。プレス・コードが解けたことにより、原爆の記録である。『アサヒグラフ』一九五二年八月六日号の「原爆被爆の初公開」、丸木位里、赤松俊子の「原爆の図」、峠三吉の『原爆詩集』、詩集『原子雲の下より』など原爆の被害の実態が大きく公開され全国に衝撃を与えた。その様なことから原爆への関心が深まり被爆者は、思い出したくもない悲惨な出来事を余儀なく思い出した時期である。

第一次原爆文学論争の経緯

志条みよ子は、彼女自身文筆家であり、広島市中心部のなめくじ横丁で文化人が集う酒場「梟」を経営していた。また、一九五三年三月に同人雑誌『女人文芸』を創刊し、翌年に第二

号、六〇年に復刻一号を発行し、六三年までに計七冊を発刊した。

時系列的に新聞掲載を追っていく

・一月二五日　志條みよ子（作家）「「原爆文学」について」・「原子爆弾のことを取り扱ったり、直接原子爆弾を経験した人人の書いた、詩や、小説や記録文を、いつの間にか「原子爆弾文学」略して「原爆文学」と呼ばれるようになった。（中略）原爆を書かない小説や原爆を取上げない絵画は広島の人間に限り、真の作品ではないごといわれている。七年も経った今日、もう昔のことと忘れ去ってしまえというのではないけれど、しかし、もうそろそろ地獄の絵を描いたり、地獄の文章ばかりをひねり上げることからは卒業してもいいのではないか。（中略）原爆は科学であり、政治であり、なに物かへの一つの道具であるが、芸術ではない。」と述べる。当時、原爆をテーマに書くことは、広島にいる限り当然の使命なのだという風潮に対して文学の根源を忘れるなという反論である。

・一月三一日　筒井重夫（広島中央百貨店取締役）「「原爆文学」への反省…志條みよ子氏へ与う…」・「「何かといえば原爆、原爆といまだにいわれている」とは単なる文学論を逸脱して悪意にみちた広島市民に対する言葉だ、（中略）戦争の悲惨に眼を覆い、迫りくる現実の恐怖から逃避しようとする自己欺まんか、さもなくば文学的「意識の低劣」さを表明する以外何ものでもない、」と志条氏を軽蔑視し、反論する。

・二月三日　新屋章（広島県可部高校教諭）「原爆を文学する心」・「文学は芸術としての愛や恋などの美しさや純粋さを読者に味わせることだけを目的としたらいいのか、生命と結ばれた社会、人生思想などに左右される必然性をもっている、そのことが文学の本質なのではないか、倫理、哲学、神などそのものは文学でもなんでもないが、それを問題にせずにおれない文学者の態度こそ高く買われてしかるべきではないか、世界の文豪をみればよくわかると思う、（中略）地獄絵図や記録を追放しようという意見には私は反対である、（中略）広島の原爆は言語に尽くしがたい現実の荘厳でもある、広島の平和も世界の平和も人々が厳しい試練の忍苦を経て樹立されたものであり、原爆を文学する態度にもかかることがいえるのではないか」（ママ）と文学論から志条氏に反論する。

・二月四日　小久保均（広島原爆文学研究会同人）「再び「原爆文学」について」・「原子爆弾は確かに文学の対象たり得る、何故かといえばそれが「人間」によってつくられ「人間」によって「人間」の上にさく裂させられたものだからだ、（中略）政治と科学が結託して私たち人間を裏切った原子爆弾が文学の対象たり得るというのは、まさしくこの点から発想したときなのだ。（中略）原爆文学はまず原爆炸裂時の悲惨を描くことから出発したのは周知の通りだ、（中略）原爆文学とは原爆を意識的契機として生まれ原爆にかかわる過去、現在、未来の一切の問題を人間との関連において深く考えようとする文学である」（ママ）と筒井氏の反対論を整理し、原爆文学論を述べる。

・二月五日　藤沢国輔（広島文学同人）「「ある朝」と広島文学」・「ありふれた夏の朝であった。それがあの一瞬から、トタンに「ある朝」でなくなった。一九四五年八月六日―世界中から、そう呼ばれるようになったからである。（中略）この地にしてもしも人間復活の文学が相ついで創られるならば、それらは原爆文学ないしは同義語としての広島文学と称して通用させることを世界の人々が許容するにちがいない。郷土の諸君、原爆文学について大いに論議し、大いに創作しようではないか。」と述べる。

・二月六日　中川英二（呉市在住）「〝原爆文学論争〟を読んで」・「志条氏は恐らくあの一文章によって、広島文学の今までのあり方に、一つの警告を与えられたものと、私は思っている。（中略）広島人は「原爆」の十字架を背負った、みせものではないのである。志条氏は、きっと、広島の人々に、このようなことを言いたかったのであろう。」と志条氏に同調している。

・二月一〇日　池田大江（広島文学同人）「平和を叫ぶもの「原爆文学」」・「今こそわれわれひろしま人はあの厳然たる事実を全世界人に知らせる義務と責任がある。（中略）「原爆文学」は当初テーマとして用いられたものが、本質的な文学の世界へと一歩前進して行かねばならないと信ずるのである。」と原爆の事実を全世界に知らしめる責務があり、文学へと発展させなければと述べる。

・二月一三日　原田英彦（大竹在住・広島文学同人）「「原爆文学」とは何か」・「原爆を看板にした売物的要素が、悪意はなかったにせよそのモチーフのなかに若干あったように見受けられるからである。志条氏も実はそのことに立腹していられるのではないだろうか。（中略）「原爆文学とは何か」これを明確にすることは広島文壇の急務であり、最大の課題でもあろう。」と志条氏に同調しながら原爆文学とは何か明らかにすることが急務であると述べる。

・二月一四日　今田龍夫（広島文学同人）「「原爆文学」の解釈」・「志条みよ子氏の立場はあきらかに、日本文学の進むべき道を阻害している（中略）文学のあるべき姿は、人間、社会、行動、思考という四つの点から押し進めなければならないだろう。その点からいえば新屋氏の考えには賛成である。（中略）原爆文学がドキュメンタリー、またはセミドキュメンタリー的手法によって表現されてばかりいたとするならば、その意義はなくなってしまう。ドキュメンタリー的なものにきゅうきゅうとしている時期は過ぎた。この意味においては志条氏の意見に賛成である。（中略）原爆を契機として新しい人間像を形成し、唯単なる個人的かたわものの人間ではなく、社会情勢をとらえての人間のあるべき姿を表示するように押し進めることこそ、原爆文学の価値が存するのであると信ずる。」と賛否両論を述べる。

・二月一七日　斎木寿夫（作家）「原爆と原告」・「一人の生命はその人にとってかけがえのない無限の価値である。その無限の価値を一挙に二十余万ほうったことは、とうてい文字を以てどうこくじゅそすることは出来ない。この空前の大罪科を、裁判する機関も、裁く神もないことに、私は心をかきむしられる。（中略）個人の人間性を封じ込み無力化したものはなんであろうそれこそ原爆をたたきこんだ元凶である。（中略）私は人間性を無力化する悪魔と対決しはじめている「戦争の原告」であるこの悪魔と私は闘わねばならない。この闘いこそまことの「原爆文学」をつくり出すものであるとことを信ずるのである。」と原爆投下の国家責任と人間責任を追及し、加害の面においての「原爆文学」を主張する。

・二月二一日　豊田清史（広島ペン会員）「如何に身をつめているか—原爆文学異論を読みて—」・「原爆そのものの哀しみを、深くかなしみとせず、人のしぐさをさきに意識して、その奔命に疲れすぎているところから来ていやしなかったでしょうか、（中略）無力感に毎日押し流されているか、ないしはほんとうに少数ですが、考えること自体に疲れながら、自ら身の潔癖に傷ついてますます世間を狭く生きつづけています、これらを指して私は「ヒロシマの孤独」とでも形容していいかと思いますが、原爆を作品に採り上げるにはお互は先ずこのところまで身を沈めねばならない、ここまで身をひしいだリアリティこそ真に感傷や受身でない呪詛の人間作品が生まれると思うのです、」と精神面から述べる。

・二月二四日　宮原双馨（馬酔木同人・早苗主宰）「広島の俳句—「原爆文学」に関連して—」・「「原爆文学」がある以上、「原爆俳句」が存在してもよかろう、（中略）遺憾ながら私の編集する

「早苗」（馬酔木同人・原桐城選）にもかなり被爆経験者が有力作家の中におりながら、広島の俳句と称しうる句はいまだに一つもない」（ママ）と「原爆俳句」の皆無を嘆く。

・二月二五日　平櫛健二郎（歌人・高田郡三田村）「蚤の咄」・「文学を中心にした考え方と、原爆を中心にした考え方とで結論の上に大きな開きを生じた（中略）原爆は科学であり政治である。そのことに異存はないし文学が決して功利的という段階ひそんでいないことは、すくなくとも文学人なら十分承知されているところ、（中略）原爆の発生によってあわてて文学が対処すべきなんの必要もないということは志条さんとともに私も言いたいのである」（ママ）と文学と原爆を対置し、志条氏に同感として述べる。

・右同日　久井茂（三原市在住）「売りもの・買いもの―原爆文学への一考察―」・「広島市民が自分たちの体験を無類なもの世界的なものとして意識しすぎるとか、原子爆弾を売り物にするとか言われるのは、これは如何なものであろうか、一体原子爆弾なんてものは、売り物にも買い物にもなるものではあるまい。そんな要素をてんから問題にしていない二十世紀の産物（中略）かつて幸福な抽象化の諸段階において忘れられていった多くの事件と同列化しないためには意識すぎるも、もうたくさんもないではないか」（ママ）と原爆を売り物説に反対と述べる。

・二月二六日　喜連敏生（郷土史家・尾道在住）「原爆文学への期待」・「人間性の喪失は原爆の悲惨から始まったけれども、それはまた新しい人間性の創造の契機でもある。（中略）外観的には人間性の復活、あるいは回復といえるが本質的には新生を目的とする人間そのものの卒業、人間の形成というよりは人間の偉大さを信頼しての新しい人間の創造と言うべきであろう、（中略）絶対にリズムを基調とせねばならぬ歌や俳句が、今日のように頭ばかりで鑑賞せられることは大いに考えねばならぬ（ママ）」と人間性まで追求し、歌や俳句への批判を述べる。

・二月二七日　池田大江（広島文学同人・晩鐘同人）「再び平和を叫ぶもの「原爆短歌」からみて」・「「原爆文学」がたんに文学のためにのみ一部の人に利用されたり、またノーモア・ヒロシマズが戦争回避の呪文であり、人道主義の空念仏であったりするならば、「広島よ永遠に消えてなくなってしまえ」（中略）原爆は人類悲哀史の一頁を飾ったことは間違いのない史実である。しかし私たちはかくされている争権の火煎が触発される以前に「一閃の空のひかり」がもたらした残虐を全世界に訴えて平和への「鎮め」となさねばならぬ義務と責任とがある」と人類の危機として捉える原爆文学を説いた。

・二月二八日　松原隆良（佐伯郡原在住）「広い・ほんとに広い道がある…原子爆弾と文学…」・「広島が世界なのだこの積極的な力こそ、文学への道に迫る。劇しい一つの力ではないだろうか（ママ）（中略）原子爆弾に喪失される人間性に磐意（ママ）うちたてねばならない広島が世界だという自覚を忘れまい、一つの事実は今日唯今、生きている―電車のつり革にぶらさがっているときも、原子爆弾が生んだ道、広いほんとうに広い道があるそれは文学への道でもある」と原爆文学の未来を述べる。

・三月六日　深川宗俊（日本歌人クラブ会長）「悲しみを耐えて――「原爆文学」論を中心に――」・「「原爆文学」について、という志条の一文から発展した「原爆文学」緒論は、誠実に今日を生き、明日に生きようとする文学人のこえとして多くの読者のこころをとらえているようだ。（中略）批評活動が、相違する立場をも尊重しあう謙虚さをもってより具体的におこなわれるならば、私たちの文学運動はさらに一歩すすんだかたちにおいてうけとめられるであろう。（中略）両手ばなしに歌うこと叫ぶことから描くということへ詠嘆の内容の変革、さらに批判的発想へ――そのような転換期にいま私たちは立たされているのではなかろうか」と冷静に「原爆文学」の転換期であると述べる。

・三月一二日　吉光義雄（高田郡三田村・歌人）「原爆文学への祈り」・「文学が人間対社会、人間対人間の関係を上から見下ろす立場にある以上、単なる戦争とか原爆といったような意識次元に対置できないのは自明の理であり、文学的なほどに洗練された意識から、より多くの人たちが戦争などを批判するにいたるためにも文学の大衆性が必要になってくる（中略）文学がもっと実生活に根を下ろすことを待望せずにはいらえない、」と「原爆文学」への期待を述べる。

・三月一五日　茜秀穂（三原市在住）「原爆文学雑感」・「原爆文学は、人間復活のもっとも本質的なものへの回帰であると共に、今やその弁証法的発展としての洞察と、哲学も宗教も科学も美術も道徳も総合したところの真人の行動展開にうつっていくべき地点に到達していると思う」と原爆文学を多角的な視野に入れるべきと述べる。

・三月一六日　福田美穂子（ママ）「被害者の意識…「原爆文学」作者の立場から…」・「広島文学二月号に私が発表した作品「見知られぬ旅」が、細田民樹氏をはじめ各方面から望外のご好評を得たことは、（中略）私たちは原爆の惨禍を身をもって体験した被害者として原爆を売物にするか、利用するとかいうような、生やさしいことではなく、現在のこの瞬間にも、戦争と原爆の危険のただ中に生きているがゆえに、この肌のただれを、あいた傷口を、そのままの冷厳な事実として描かなければと思うだけです（ママ）」と被爆者からのメッセージを述べている（注　稲田美穂子は「見知られぬ旅」原爆ケロイド症の女性をテーマに広島文学二月号に発表し、好評されていることから福田ではなく稲田であると思われる。）

・三月二〇日　清水孝之（広島女短大助教授）「原爆俳句序説」・「「俳句の存在価値はいったいどこにあるのか」ときめつけ、花鳥諷詠以上に「今日唯今詠まれなければならない切実な主題」があることを強く叫んだのである（ママ）」と反対論を述べる。

・三月二二日　小谷鶴次（広島大学教授）「原爆は禁止されるか」・「原爆問題については単なる人道論だけでは解決出来ないという現実を、注視しなければならない。」と原爆を文学面ではなく、原爆そのものを禁止させると述べる。

・三月三一日　田辺耕一郎（日本ペン・クラブ会員）「広島の文学運動」・「原子力時代におけるヒューマニズムと文学の問題を探求し実験してゆきたい。真理に二つはないのだからわれわれも二十代の人々も真理探究には謙虚な心でやってゆきたいものだ。それこそが文学の心なのである。」と文学論の真髄を述べる。

・四月一日　永井昭三（広島大学東雲分校学生）「原爆文学と被害者」・「断がいに立つ原爆乙女の、すべての明るい自由と、平和を叫ぶ者の足もとを確保することこそ、原爆文学の本来の使命ではないでしょうか。」と原爆文学の使命感を述べる。

・四月八日　神田三亀男（歌人）「ひろしまの歌人」・「原爆に関した短歌を有名無名をとわず集載して「原爆歌集」でも編んだらどうであろう。関東大震災のとき土屋文明や中村憲吉などが中心になって、震災歌集「灰燼集」を刊行しているが、世紀の悲劇原爆を詠んだ短歌集が今日未だ生まれないのは残念である。大小の雑誌、新聞そのほか未発表の多くの人々の一首一首を拾いあげて集大成することは、広島の歌人の責任においても行われねばならないと提案したい。」と原爆短歌の集大成を提唱している。

・四月一七、一八、一九日　出席者　阿川弘之氏（作家）、稲田美穂子氏（広島文学同人）、小久保均氏（広島原爆文学研究会同人）、斎木壽（ママ）夫氏（作家）、眞川淳氏（広島大学助教授）、志篠（ママ）みよ子氏（女人芸術同人）筒井重夫氏（広島中央百貨店取締役）「原爆文学の行手を探る」と題しての座談会。

・四月一七日「〝原爆文学〟の行手を探る　上　子役式役目では困る　発酵して生まれる作品でなければ…」阿川氏、「志条さんのいわんとしていることもうなずけます、反省すべき問題がある、原爆のことさえ書けば皆がうんというぞ、」、小久保氏、「書いたら当たるだろうも困る」、眞川氏、「志条さんの立場を支持している人は中川英二氏がはっきりしておりますが、ほかに原田英彦、平櫛健二郎、向井恵美子ら諸氏の所論に志条さんと同傾向の一面があり、向井さんにいたっては、原爆にそっぽむいて万葉集に顔を向けています、」と談話する。

・四月一八日「〝原爆文学〟の行手を探る　中　もっとえぐり出せ！素材と作品との結び目が問題」阿川氏、「いまのところあまりむずかしく論ずるよりも書くことの方が先じゃないかしらん」志条氏、「原爆の文学を否定したんじゃありません、いままでに現れたままの状態のもとに安易に原爆文学という名をつけ、この状態が今後もつづくということに対する不安を言いたかったんです」と談話する。

・四月一九日「〝原爆文学〟の行手を探る　下　期待して今後を待つ　売り物にするのがいけない」志条氏、「父がひどい被害者でしていまも半病人なんです、私の目の悪くなったのも慢性神経炎とか申しますが、やはり原爆のときからなんです、体験が身近なだけにほんとうにいやなんです」と、小久保氏、「売物にすることが一番いけませんね、それから怨恨と」と述べる。司会者が「今後ほんとうの原爆作品が現れてくるのだということを期待して、気ながにみんなして育ててゆきたいものです、ありがとうございました」と述べて原爆文学論争に終止符を打った。
この第一次原爆文学論争では作家、批評家、一般市民が参加して原爆投下の事実を文学として認めるか否かを論議された。

貞子は、『核・天皇・被爆者』一八七頁においてこの原爆論争について次のように述べている。

中国新聞の紙上で神田三亀男氏の提唱に対して、土居貞子（栗原貞子の旧姓）が「原爆意識の変遷」として「広島生活新聞」（旬刊、タブロイド二ページ、昭和二八・五・一〇）に神田三亀男氏の提唱に賛成した。この文はこれまで出版した私の二冊のエッセイ集に入っていないので、よい機会なので、一九五三年当時の状況をかたる資料としてこの際、江駿介氏の「自らの歌声はない」（広島生活新聞、昭和二八・五・二〇）、秋田透氏の「識者とは誰か」（広島生活新聞、昭和二八・六・一〇）とともに全文を再録したい。

まず、「原爆意識の変遷―神田三亀男さんの提唱にこたえて―」を要約する。
原爆投下以後八年たった今日、原爆問題について回避しようとしていた人たちが積極的に文学の側からこの問題に対決しようとし、保守的だった歌人や俳人の間でも大きく取り上げられているようである。原爆の衝撃を書くには虚構に小説より詩とか手記とか随筆の方がはるかに迫力を持っている。短歌の作者は小説や詩よりもはるかに多いと短歌を一五首挙げている。[注1]

次に、神田氏に反論して江駿介氏の「自らの歌声はない—原爆歌集の提唱にふれて—」を述べそれを要約すると次のようになる。

神田さんの文を見て感じたことは、小説がやるから短歌もとは、意義は少なく、又どういう方向に作っていくか肝心なことが書かれていなくて手薄い気がする。短歌は小説より集中的表現で事態の焦点をつき、感銘が多い、という土居さんの論は首肯でない。原爆歌集と銘打っても、素材にもたれた識者に馬鹿にされるだけ。果たして作品として歌壇を凌ぐ作品が一首でも広島に出ておりますか。まずその一首をたしかめてからと辛辣な反応である。[注2]

この反論として秋田透氏（貞子の変名）は「識者とは誰か—江駿介君にたづねる—」と述べそれを要約すると次のようになる。

神田三亀男君の原爆歌集の提唱に対し、土居・江の両君がそれぞれ肯定否定の意義を述べておられるのを読んで「歌とのわかれ」をして以来久しい僕も興味深く読んだ。「原爆文学」ということが騒々しく叫ばれているが、それはただ原爆の悲惨さを絶叫するのでなく、そのような状況の中に置かれた人間がそれをモメントとして如何に変革されて行くか、その秘密を形象化することにあるのではないか。文学は常に社会心理の基礎の上に成立し、新しい人間の形成もその社会的心理の典型として先行的な形で持ち出される。識者とは誰だ。大衆を軽視し、知識人や文学者を一段高いものとして「如何に身をつめるか」「ぎりぎりの抵抗」だとか文学青年風に思い入った深刻な顔をしている識者面こそ大衆にとって鼻持ちならぬことだ。識者から馬鹿められふんづけられた大衆の歌ごえを中心に据えることこそ、慢性化した平和念仏や停滞した平和運動に生命をあたえるものではないだろうか。前記の江駿介氏に対して「識者とは誰か」の反論を書いた秋田透の名前は男性の名前で男性の言葉で書いているが、今だから打ち明けて言えば私の変名だった。[注3]

これらのことから貞子は、自分を男性に変名してまでも自分の主張を述べていることが確認できる。さらに

以上のやりとりがあった翌年の三月、ビキニ水爆実験が行われ、原水爆反対の声が湧きあがる中で歌集「広島」刊行が着手された。この時出版元の第二書房と交渉し、地元の歌人に呼びかけて編集委員会をつくったのは神田三亀男氏の提唱に反論した江駿介こと豊田清史氏だったのである。変わり身の早さと言うより、当時の原水爆反対の声が豊田氏を動かしたのであろう。[注4]

宮原氏が、「原爆俳句をあつめよう」と提唱し、その後ビキニ実験によって盛り上がった原水爆反対運動の影響を受けて豊田氏が、一九五四年八月に第二書房から歌集「広島」、神田氏が一九五五年八月、被爆十周年忌として句集「広島」をそれぞれ刊行した。このことは原爆文学が小説だけの域を脱して歌集、句集迄及んだことは原爆文学論争の産物であるといえよう。

トリートは次のように述べているので引用する。

　論争は、文学が広島の変わり果てた風景を表象するのに適するかどうかという点に限定され、原爆が根本的に特異なトピックであって、この変化を受け入れた文学は原爆を描くことができるが、受け入れない文学は原爆を描くことはできないであろうという点については議論されなかった。注目すべきことに、論争の参加者は誰もこの点を問題にしなかった。というのも彼らは、意見の相違を有していたが、みな同じ広島という壊滅された都市の住民だったからである。[注5]

このようにトリートの論述は事実であり、第三者的、冷静での見解で記述しているが、原爆を投下した国であるから、このように述べることが出来たのではないかと考えられる。

第二節　第二次原爆文学論争

第二次原爆文学論争の時代背景

前年は、被爆一四年目で広島において開かれた第五回原水爆禁止世界大会は八月五日夜、広島市平和公園の慰霊碑前広場で開かれた（この時貞子の詩「私は広島を証言する」を当時の原水協安井郁理事長が朗読している）大会の一ケ月前広島県議会が大会への県費補助金を全額削除したのをはじめ、自民党広島県連や広島市議会の不参加決定、広島県町村会、同町村議長会の協力否定声明が相次いだ。このため世界大会が空前の盛り上がり頂点に達した翌年で、第一次と同様原爆の関心が深まった時期であった。

第二次原爆論争の経緯

広島における文学の共通の広場をめざして広島文人懇談会が発足し、その最初の懇談会に貞子が出席し、「広島における文学の共通の基礎について」というテーマの懇談の内容について批判した。その一文を貞子が、一九六〇年三月一九、二一日付けの『中国新聞朝刊』に「広島の文学をめぐって」と掲載したことから第二次原爆文学論争が始まる。さらに、論争は『中国新聞夕刊』日曜版「かんかんがくがく」欄に匿名で三ケ月余り論じられた。幡章氏が文壇文学への指向でなく原爆が、現代に生きる人間の問題であり、それを広島の文学が育てていく必要があると説き第二次原爆文学論争は終止符を打った。

・三月一九日　栗原貞子（詩人）「広島の文学をめぐって　アウシュビッツとヒロシマ　上」・要訳すると広島における文学の共通のテーマの懇談会に「中川国男、佐竹信朗（文芸首都）、松元寛（歯車）小久保均、今田竜夫、岩崎清一郎（広島文学系）、豊田清史（歌誌火幻）そのほか「安芸文学」や「カオス」という新しい世代に属する多彩な顔ぶれだった。出席者中、佐竹信朗氏は、「現在まで書かれている原爆体験記的ルポルタージュ文学の域を脱して新しい原爆文学を」、松元寛氏は、「政治の問題だから政治的に解決」、小久保均氏は、「原爆よりも平凡な小市民的生活を書きたい」、カオスからは、「この会で論争するよりも技術や方法について勉強したい」、岩崎清一郎氏は、「平凡な日常生活を書きたい」」とそれぞれ発言している。

・三月二一日「広島の文学をめぐって　アウシュビッツとヒロシマ下」「広島はしばしば文学不毛の地と言われる。文学の不毛の地ではなく、それ以前に文学の深さと広さを与える思想の不毛の地なのである。ある種の文学者たちは文学の底を流れる思想性や政治に作用された文学的リアリティーさえ文学が政治や思想に従属するとしてマユをしかめるのである。（中略）ヨーロッパの戦後文学がアウシュビッツに対して向きあうことが出来たのは、フランスの文化の伝統、わけて第二次大戦中のユマニティによる抵抗運動が存在したことによるものであろう。花鳥風月的文人意識の日本文化の伝統の中にはユマニティ（ママ）は存在せず、したがって抵抗文学の育つような土壌もなく、したがって、日本の戦後文学の主流が依然として、日常茶飯的私小説で占められ、（中略）文学的雰囲気を醸成し、互いに支えあって豊かな文学を多元的にみのらせて行くべきではないだろうか。」と原爆文学の有用性と方法論に関する議論において、これまで広島の文壇から抑圧されてきたことを述べる。

・四月一日　松元寛（「歯車」同人）『中国新聞朝刊』において、「不毛でない文学のために　☆…栗原貞子氏への反論…☆」・「ぼく自身、氏の言われている会合に出席していたが「若い世代」から、氏が言うような意味で原爆の問題に発言された意見は一つもなかったように記憶している。引用された岩崎清一郎氏の言葉にあるように「原爆だけを騒ぎたてるような」いわゆる原爆文学論に対して、ぼくらは反対したまでで、原爆が現代において重大な人間の問題―あえて「文学の」と限らない―であることを否定する人は一人もいなかったはずだ。（中略）原爆を描いて原爆をしか語らないとしたならば、そのような文学は一編の記録映画でことたりるはずだ。（中略）原爆が人間の問題である以上、それに対して政治的角度からも、文学的角度からも真剣に対決されねばならないと信ずる。（中略）政治的にしか処理しえない問題を直接に文学に持ちこんだところで、ぼくらはせいぜいプロパガンダ小説を生み出すぐらいのことしかできまい。そういうものを広島の文学の至上命令のようにおしつける考え方に対して、ぼくらは反発せざるをえないのだ。原爆を文学の問題として取り上げよ、と言いながら、何ら具体的な方法論も技術論も示さない批判は不毛でしかない。そういう多くの原爆文学論の不毛に対して、ぼくらは不毛でない文学の方向を求めているだけなのである。」と反論を述べる。

・四月二二日　吉光義雄（歌誌「林間」同人・広島県高田郡白木町在住）『中国新聞朝刊』において「原爆文学待望論を疑う」・「あれから十五年も経った現在においては、原爆はもう人間にとって不可思議性の何も残ってはいず、その事実からのがれようとしてのがれない負担になりきっているのである。（中略）原爆文学の可能性にみずから疑問符を打ったみたいでもあり、原爆という科学事実にクギづけした文学の不自由性は、まさに致命的である。」と原爆文学を嘲笑している。

・四月二四日　青騎士「かんかんがくがく」欄に「「原爆の文学」を拒否する」・「「原爆の文学」は論じられてきた。が、一体どんなみのりを得たかという反省もあっていい。残念ながらあげるに足りる文学作品はなにひとつない。（中略）「原爆」を事ごとしげにかつぎまわるよりも、それがどのような方法論のうえで描かれつつあるかという現在の時点にたつ批評、文学の問題としてとらえなおすときなのではないか。そのとき、実は「原爆」が大義名分、または装飾に化しつつあることを知るだろう。」と批判を述べる。

・四月二九日　中川国男（広島文学会員）『中国新聞朝刊』において「可能性の原爆文学を　吉光

義雄氏への反論」・「原爆文学とは原爆被害の悲惨を書いたもので、既成文学の素材的類別にすぎず、したがって未来の文学ではない——というふうな原爆文学の見かた、というよりも態度がまだ存在しているのかと思うと、まったくやりきれない気がする。（中略）氏が単純に「悲惨」といっている言葉にも文学の演奏する音調は無数のニュアンスをひそめており、努力によってその一つ一つを意識の照明のなかに浮かびあがらせることも可能である。また原爆文学が「悲惨」以外の主題と結びついて化合する理論や感情も存在し得ると思うがそれも氏のように自己シャ断に出会っては生まれるはずがない。（中略）原爆文学はいつまでたっても経験的な「悲惨」でしかあり得ないし、従って新しい方法論も生まれてこず、未来の文学でなくなるのも当然である。」と述べる。

・五月一日　流弾「かんかんがくがく」欄に「広島詩壇をはばむ者」・「ひろしまの詩から原爆をのけたら何が残るかすでに原爆のテーマは個性のない通貨に等しい。（中略）宗匠たちが集まって詩人風を吹かすために協会が利用されるとしたら、地方詩壇のガンともなりかねまい。（中略）若い詩人やエッセイストには、もっと大きな声でものを言ってもらいたいものだ。」と辛辣に述べる。

・五月八日　黒兵衛「かんかんがくがく」欄に・「メクソ、ハナクソをわらう」・「先日、本誌朝刊に出ていた栗原貞子という人の文章など、いかにも人をナメきったゴウマン許しがたいものであった。おのれはそれについてわずか詩の数編しか書かないくせに、書かない相手をいちいちあげつらってちょう笑する。メクソがハナクソを笑うとはこのことだ。彼女はヒューマニストではない。」と貞子の人間性まで批判して述べる。

・五月九日　吉光義雄『中国新聞朝刊』において「再び原爆文学について　―中川氏に一言―」・「私は何も原爆などというものが文学的素材となり得ないといっているわけではない。（中略）原爆というものの素材性は、人間を考えるための道具として特別扱いしたいほど人間発見に役立つものとは考えられないのである。原爆に対しては人間はあくまで被害者もしくは未被害者という形でしか文学に表しようもないものであって、（中略）原子の世界が人間を逆にロボットにする成りゆきは私としても認めないわけはなく、そこに立ち向かう人間のぎりぎりの生活意識は文学素材としても好個のものだ。（中略）何かのために文学をするときの必然的な行き詰まりに立ちいたって、中川氏は、それでもなお独想的にその現実を信じないというのだろうか。（中略）要するに、原爆ものという括弧つきの文学ということであらかじめ視野を限定してかかなければならないというせせこましい理由は、人間究明のための可能性そのものである文学手段に取って代わるべき何ものでもないのである。」と賛成と否定の両面から述べる。

・五月一五日　左荘「かんかんがくがく」欄に「A君のゆううつ」・「A君は映画「渚にて」を見て実にやりきれぬ思いにとされた。（中略）原水爆戦争は人類の死を象徴するものだ。（中略）

われは恐らくあの映画の中の幾組かの人間の、人間同士のささやかな信頼を見つめる所から、出発しなければならないのだ。」と映画「渚にて」を観てその感想とともに信頼を見つめなければと述べる。

・五月二〇日　栗原貞子『中国新聞朝刊』において「深層意識のなかの原爆」・「三月十九日と二十一日の二回にわけて本欄にのせられた「広島の文学をめぐって」という私の一文は、その後松元寛氏（歯車）吉光義雄氏（歌誌林間）の反論を呼び、吉光氏の所論に対しては肯定側から中川国男氏（広島文学会）の反論が、さらにそれに対して再び吉光氏が反論されるなど、そのうえ、本紙夕刊の「かんかんがくがく」という日曜匿名批評欄で論調からすれば、あたらずとも遠からぬだれかれかとかんぐられるまぜっかえしが「原爆文学を拒否する」とか「めくそハナくそを笑う」とかとあげつらわれています。（中略）志条さんの否定的な問題提起に対して、私は肯定的に問題提起を行った結果となったわけですが、こう言う問題はすでに論じつくされ、今日の問題から切りすてられたようでも、まるで根の深い病気のように、何度でもしかも一層始末のわるい症状を示して現れてくるのは現代の人間とそれをとりまく状況そのものが原水爆の病そうとなっているからでしょうか。」と志条氏の原爆に対して否定的ではなく原爆を肯定的な立場で述べる。

・五月二二日　有色者「かんかんがくがく」欄に「セックス過剰」・「この半月ほどの間に、広島市内で「60＋α」「安芸文学」「広島作家」「女人文芸」の四つの同人雑誌が矢つぎばやに発刊された。（中略）セックスを必要以上に強く意識する精神的態度が「女人文芸」という雑誌をつくらせたのではないか。（中略）見劣りがすると自分の才能を低く見つもったオバチャンたちが「女人」であること、つまりセックスを利用して世間にアピールしようとしたのだとみたはヒガメか。」と皮肉たっぷりに述べる。

・五月二七日　幡章　『中国新聞朝刊』において　「能力と必要性の混同」・「「私はそんなショッキングなことは書きたくありません。それよりは男と女の寝物語でも書きましょう」とおっしゃるだけであればそれはそれでよいでしょう。少なくとも、その人にはそれが一番大切なことであるか、あるいはそれを書くことが自己の能力の限界なのでしょうから「はいそうですか」と引き下がるより手はありません。しかし居なおってはいけませんよ。「書きたくない」ということや「書けない」ということをどこかで「書く必要のないこと」にすり替えてしまい、なおかつ「それではいったいお前はどれだけのものを書いたのか」にいたってはさたの限りです。（中略）広島の文学の場でもっとそれを大切に育てて行こうというのが栗原氏の主張です。そして、それを求めている人がたくさんいるだろうということです。（中略）少なくとも私には、幾十幾百の○ちゃまくれた約束だらけの作品よりも、栗原氏の短い詩一編の方がはるかに強烈な記憶となって残り、そして、勇気をあたえられるのです。」と否定側に反論を述べる。（注　文中の○は劣化により解読不能。）

この幡氏の原爆を広島の地で育てて行こうとする必要があると説き第二次原爆文学論争は終止符を打つが、「かんかんがくがく」欄は六月一九日まで文学論が継続しているので次に述べる。
・五月二九日　一仙人「かんかんがくがく」欄に「広島俳壇」・「一昨年広島青年俳句作家連盟が結成されたが消滅した。これを再興せよ。俳句が文学であるか趣味であるか、それを争うのはその後だ。」と述べる。
・六月五日　タンポポ「かんかんがくがく」欄に「黒い橋　あるコミュニストの死」・「自殺した若者、社会主義に生きた老夫婦、彼らは、一ぴきのアリであり、いつかアリの群衆がわたっていくことを信じていたのだろう。たぶん、一本の黒い橋は英雄ではつくれないものなのだ。」と人生観を述べる。
・六月一二日　火の矢「かんかんがくがく」欄に「不可解な原爆ドーム　醜いものは目をそむけて通れ」・「何のためにあの醜ガイを満天下にさらすのであろうか。いやな記憶はすみやかに忘れ去るがいい。醜い残ガイはさっさと片づけるべきものなのだ。（中略）僕らのまなこは美しいものを見るためにある。（中略）されば友よ、醜いものには目をそむけて通れ。」と原爆ドームの存在に否定的に述べる。
・六月一九日　フェミニスト「かんかんがくがく」欄に「文学すれすれ」・「とくめい氏が「女

人文芸」という同人誌をすこしたたきすぎたということで「女人」ががかんかんがくがくやっているそうです。（中略）文学とはキビシキものなりとキモにめいじ、定価一〇〇円に値する第二号を出すことを、文化人が文学人になることだと思うのですがー。」と文学界の裏話を述べる。

この六月一九日の「日曜文化　かんかんがくがく」をもって終了している。

以上のことからも、原爆文学論争は賛否二派に別れ、激しく論じられたが感情的で実りが少なかった。しかし、貞子は、被爆者であるが故、被爆の実態を文学において継承してゆかなければと述べる。

おわりに

第一次原爆文学論争は、一九五三（昭和二八）年一月二五日付け、『中国新聞夕刊』学芸欄に志条みよ子による一文「原爆文学について」掲載された。このことが発端となり中国新聞夕刊の四月半ばまでのほぼ三ケ月にわたって、反論・再論など所謂原爆文学論争が起きた。志条氏は、父親の体調不良、自身の目の慢性神経炎により、「触れられたくない、忘れたい」との思いでいるところに講和条約発行で原爆映画、写真集、体験記等が次々に制作、出版された。志条氏は、原爆の痛みを逃避する場所として文学に求めていたことからこそ、「真剣になってわれわれの愛のことを振り返り恋のことを思い、男と女の限りない悲しみのことを考える方が大切であろう」と掲載したものと窺える。

第二次原爆文学論争は、一九六〇年三月一九、二一日の『中国新聞朝刊』に「広島の原爆文学をめぐって」という栗原貞子の一文が掲載されたことから朝刊では松元寛氏、吉光義雄氏、中川国男氏、幡章氏がそれぞれの意見を投稿している。『中国新聞夕刊』日曜版の「かんかんがくがく」の欄には匿名ということもあってか凄まじい論戦が展開された。

幡氏の原爆文学は広島の人が育てていこうと好日的な積極的な意見でもって第二次原爆文学論争は終わった。

注目は、広島だけでなく『文学界』（昭和二八年三月号）において「原爆時代と文学」、竹山道雄「機械と心理」、尾崎士郎「浪漫精神の行きつくところ」、野間宏「原爆文学について」を掲載している。野間宏氏「原爆文学について」の中では次のように述べている。

いまは「屍の街」をよめば私たちは原爆被爆を体験することが出来るのである。そしてそれによって原爆について考えるならばほんとうに体験の支えをもって原爆を考えることが可能になる。原爆の破壊を回避するための努力はここから生まれてこなければならない。と広

島の原爆文学論争にこたえるように書いた。[注6]

原爆文学論争は多様な人を巻き込んでの論争は広島だけでなく中央にまで拡大した。

これらのことを踏まえるならば広島は文学面で不毛の地とされたが、原爆文学論争の意義は大きい。

しかし、私見であるが大田洋子から端を発し、第一次は志条みよ子、第二次は栗原貞子と問題提起をしているのは全て女性である。応答しているのは稲田美恵子の「被爆者の意識…「原爆文学」作者の立場から…」以外全て男性である。しかも彼女は自分の作品の事を述べていているだけで論争には加わっていない。ここに女性差別があったとは思えないだろうか。

注

1　栗原貞子『核・天皇・被爆者』三一書房　一九七八年七月　一八七頁〜一九〇頁。
2　注1に同じ。一九一〜一九二頁。
3　注1に同じ。一九三〜一九六頁。
4　注1に同じ。一九六頁。
5　ジョン・W・トリート『グランド・ゼロを書く―日本文学と原爆』法政大学出版局　二〇一〇年七月　一三七頁
6　注1に同じ。一八四頁。

第七章　詩人・運動家としての栗原貞子

――平和・反戦・反核を訴え続けて――

はじめに

栗原貞子は、「行動する詩人」といわれている。貞子の詩には、運動の中から生まれた詩も多くある。詩人であることが運動に結びつくことによって、詩はその時代の様相が反映されたものである。それ故、貞子を研究するならば、詩人としてだけでなく運動家として如何に歩んできたかについても考察の根底に据えなければ充分とはいえないと考えられる。まさしく詩人、運動家は貞子の詩作の車の両輪で、どちらが欠けてもバランスが取れないのである。このことは、次の文章からも確認できる。

私はどんなに告発しても告発しきれない憤りを感じ、書くことだけでなく、すべての人々と力を合わせて原水爆禁止のため可能な一切をかけねばならないと思ってささやかな努力をしてまいりました。（中略）私たちは平和行進に自らの意志として参加することによってこそ、村々や町々の人々の平和へのあつい思いをじかに知ることが出来、汗やほこりにまみれて、生きている人の生活を知ることが出来るのではないでしょうか。[注1]

この文章は、一九五九（昭和三四）年に既に書かれていることから、自らの立場を詩人だけに据えることなく、運動家へと至らせたことがわかる。また、原水爆禁止への告発を文学に限定した意志表示の限界を感じ、自ずと行動へと向かったといえる。多くの人と運動を共にすることによって、人々の平和への反応、熱い思いを感覚として捉えることになったといえよう。重ねていうが、「告発」する憤りを書くことだけでは、不十分であると自覚し、運動に参加することによって、手ごたえを感じたことが読み取れる。では、いつ頃から貞子は、運動に関わったのか、それは、どのような運動であったのか、海外、国内においての活動は、どのようであったか、貞子が述べたエッセイや資料から、微細的に考察していく。

第一節　議員夫人としての奔走

夫の唯一は、一九五一（昭和二六）年四月に安佐郡（現・安佐南区）祇園町議会議員に初当選し、一九五四年に町議会議長の要職に就いた。一九五五（昭和三〇）年四月広島県議会に無所属で当選し、後に社会党に入党した。一九六七年まで三期務めた。その間、地域のさまざまな紛争に奔走した。夫婦が共に闘った経験は、後の貞子の運動家として、運動とは何か、どのように闘っていくかの方法を学習したと共に、政治的な側面でもって視点を捉え、地域住民の意見を傾聴することから、社会性が自ずと備わったといえる。

夫の唯一の葬儀において、衆議院議員大原亨氏は、生前の唯一の有り様について「その間あなたは、長束小学校の統合移転、今田校長問題、太田川漁民の権利斗争から、日常の世話活動まで、その反権力の理想、民衆の論理を貫き通し、節を曲げず、毀誉褒貶を度外視しての信念を貫いて来られました。[注2]」と述べ、また、日本社会党広島県本部執行委員長森井忠良氏は、「一九六七年四月任期満了で勇退されるまでの間、決算特別委員会副委員長、総務常任委員会副委員長の要職を歴任され、また、一九六五年十一月には自治功労者として全国議長会から表彰をうけられるなど永年にわたり地域住民のための明るい豊かな地方自治をめざして奮斗されると共に、日本社会党の政策普及のために多大の貢献をなされました。[注3]」と述べている。これらのことは『栗原貞子全詩篇』(五八一頁)に次のように記述されている。

一九五七年(昭和三十二年)四十四歳　三月、地元の長束小学校の統合問題が起こり、賛否をめぐって地域が二つに分断し、激しい闘争となる。自宅を闘争本部として「長束小学校存置期成同盟」をつくって反対運動をする。(中略)一九五八年(昭和三十三年)四十五歳　九月、反対運動にあけくれしてようやく長束小学校存置をかちとる。一九五九年(昭和三十四年)四十六歳　三月、長束小学校統合反対の報復人事として校長格下げ行われる。現地闘争本部を自宅に置き、広島教組と共闘(十年後、最高裁で勝訴。その間、裁判闘争など苦闘する)。

貞子は、地域の闘争の都度、自宅を開放して問題解決に奔走し、裁判に持ち込まれた場合は、一〇年にもわたって苦闘している。このような経験は、運動家としての貞子のアイデンティティーを確立したと捉えることができる。

第二節　平和運動への展開

貞子が、平和運動にいつから関わったかは未詳であるが、「昭和二十七年ごろ、私は平和運動のなかであの時の赤ん坊のお母さんだった平野美貴子さんを知り、」[注4]とあり、また、一九五二（昭和二七）年広島市の本川小学校において、世界連邦アジア会議が開かれた時、「十七団体をまとめることができた。メッセージは「一切の兵器の廃止特に原子兵器の即時廃棄、原爆、水爆による威嚇的戦争宣伝の禁止、原爆に関する言論、出版、表現の自由に対する弾圧反対」といったことを宣言するよう求めたものだった。」[注5]との記述があることから昭和二七年頃だろう。

夫の唯一が祇園町議会議員に当選したことは、有権者から支持を得たということである。広島市と隣接する祇園町の多くの有権者は、原爆と何らかの関わりがあったことを念頭に置かなければならない。貞子は、町議会議員夫人として、自ずと平和運動の初期から運動に参加し、さらなる活動を目指して、世界連邦アジア会議において、まとめ役として奔走したのだろう。以上の事実に照らしてみると、この頃から貞子には、運動家としての度量と素養があったと理解する。

第三節　原水爆禁止世界大会への関わりとそれに関する詩

一九五四（昭和二九）年、アメリカのビキニ水爆実験に被爆した、第五福竜丸の乗組員だった久保山愛吉さんが亡くなった。この事件は、それまで、アメリカ占領下にあって原爆の被害を告発できずにいた日本国民一人一人の感情を一挙に湧出、爆発させ、一斉に水爆禁止署名運動へと向かわせた。署名は、全国でその年の一二月まで約二〇〇〇万筆が集まった。翌年、第一回原水爆禁止世界大会が広島で開催され、原水爆禁止運動へと発展した。署名活動が、原水爆禁止運動への突破口になったのである。被爆した一般市民が手を揚げ、第一回原水爆禁止世界大会は広島で、第二回は長崎で開催された。しかし、その後原水爆禁止世界大会は、政治的な路線と対立を起こし、多くの被爆者は反発し、運動から離れていった。

貞子は、「私が原水禁運動に参加したのは、体制側からの攻撃が始まった第四回の時からであった。」[注6]と述べている。第五回において安保関係の事案で意見は、対立したことから運動はピークとなった。「一九五九年に広島県議会が安保改定を盾にして「原水禁世界大会は政治運動」と規定し、大会準備補助金の打ち切りを決めたのである。この出来事をきっかけに、翌一九六〇年にかけて政治的対立が深まり、原水禁運動の流れは〝たたかう世界大会〟（六〇年）へと動いていった。東西冷戦の厳しさ、安保改定反対闘争の激化で国民運動の内部にも亀裂や対立が生じ始めていた。[注7]」との記述がある。また、自民党本部は、「原水爆禁止運動は不純な偽装平和運動で世界大会が安保改定を論じるのは政治介入だ」との見解を表明した。これらの一部始終のことが次の文から確認できる。

第五回の世界大会は安保条約改訂に反対する議案を大会議案にしたことから、右翼暴力団は平和行進の行列にトラックで突っこんだり、トラックの上から行進団の頭上へバケツで糊をぶっかけたりした。広島県自民党はヘリコプターをチャーターして空から大会攻撃のチラシをまいたりした。[注8]

当時安保条約改定に対しての是非を巡り、様々な実力行動があったことが窺える。安保改定を前にして広島の第五回世界大会へ向かう平和行進は、最大の盛り上がりとなり、沖縄コース、新潟東京コース、県北コースなど、まるで「日本を流れる炎の河」のように勢いを増していた。貞子は、この現状を詩「日本を流れる炎の河――一九五九年第五回世界大会――」に詠んでいるので次に記す。

（前略）日赤医療班の救急車が／徐行しながら随行する。／冷たい麦茶を接待する婦人会の人たち／道路の両側をうずめた／歓迎の市民たち。／男も　女も　としよりも　子供も／緑の小旗を振り／手をたたき／あふれる涙を拭く。（後略）

この詩句を、二連のみ引用したが、詩は、全六連から成っている。運動の有り様を、あたかも解説を交え実況中継するが如く、また、移動カメラで捉えた如く、映像に具象性があり言葉のカメラである。詩というよりも散文を思わせるように構成されている。そして、技巧もない安易な言葉でもって直叙的に詠まれ、容易に透視できる。それ故、リアルであり、写実的であり、臨場感に満ちた感動があり、さらに、一層心の高鳴り、熱気が伝わってくる。運動は、熱気とほてりが反映し高揚であったことがわかる。

四連は「見える　見える　本川橋をわたる／東京、新潟の大行進。／すすむ　すすむ／赤、緑の旗、旗、旗」と詠まれ、力強いリズムとテンポの良さが軽快で活気あふれる平和行進である事がわかる。注目すべきは、六連の「舞台の上で抱きあう／アメリカの／ソビエットの両代表。」と詠まれた詩句である。アメリカとソ連は、これまで冷戦時期であったが、この一ケ月後の九月、両国は、首脳会談を開催し、全ての国際問題を交渉による平和手段で解決することを宣言した。いわゆるキャンプ・デービット会談による「雪解け」であるが、既に民間の中に予兆があったと解せる。さらに、「一瞬世界の中心は広島にうつり」と詠まれ、世界のトップニュースである事実が、広島においてなされ、平和への第一歩の現実が詠まれている。平和の象徴の鳩が「低く舞いながら／やがて夕空に消えてゆく。」と詠まれている。この光景は、昼間の騒音、興奮から一日の終わりともいうべき、静寂の中へ飛んでゆく鳩に焦点を合わせて、感動的な一日の終わりを告げる収束である。高揚した一日は夕日と共に冷める。しかし、一日の終わりではなく、明日への希望に続く余韻は、鳩に象徴されているように平和を意味していると窺える。

貞子にとってこの詩は、この時だけに終わらず、次の大会まで影響を及ぼしたことが次の引用からわかる。

> 翌一九六〇年七月、私は「日本を流れる炎の河」と言うリーフレットをつくり非売品として第六回世界大会で配布した。第六回の平和行進は大会開催地の東京で集結し、沖縄を出発したコースが広島を六月八日に通過した。私は居住地の祇園町から芸北コースに参加し広島の十日市で行進団と合流した。[注9]

貞子が、翌年の大会においてこの詩のリーフレットを手作り配布するだけでなく自ら、平和行進に参加したことは、感動の余韻が一年経ってもまだ残っていことである。

第四節　ベトナム反戦運動への関わり

一九六一年アメリカがベトナム戦争に介入し、マスコミは、日を追うごとに増加するベトナム一般市民の犠牲や惨劇を報じた。ベトナム犠牲者の増加と惨劇に懸念、危惧し、同じ視座に立つ小説家小田実氏、開高健氏、哲学者鶴見俊輔氏などをはじめ多くの有識者たちが、参集して「ベトナムに平和を！市民連合」（略べ平連）を発起し、街頭デモ、反戦広告、支援カンパなどの運動をした。そして、機関紙『べ平連ニュース』（一九六五年〜一九七四年）を毎月発行した。貞子は、『べ平連ニュース』二〇号、二一号、二二号、二六号、二七号、三七号、四〇号、四一号、四四号に投稿している。その中でも「清水徹雄さんを守る会」に関して、三七号（六八・一〇・一）、四〇号（六九・一・一）、四一号（六九・二・一）に投稿している。[注10]「清水徹雄さんを守る会」とは如何なる会なのか、貞子がどの様に関わったかについて次のことから明らかにする。

観光ビザで渡米中の広島市の青年が、選抜徴兵制度で米軍に徴兵され、ベトナム戦争に従軍していたことが明らかになったのは四十三年のことである。「もうベトナムには帰りたくない」——一時帰休で広島に帰っていたその青年が、突然、助けを求めて貞子に電話してき

た。すぐ東京のべ平連と相談、長い経過を経て何とか解決にこぎつけた。[注11]

清水氏を救出する中で、アメリカの政治姿勢が分かり、詩「ドラフト・カード」（アメリカへは行くな）を詠み『べ平連ニュース』（六八・一〇）に投稿している。当時、アメリカへ行くと一八歳以上二六歳までの若者は、六ケ月滞在するとアメリカの国内法で、選抜徴兵制が適用され、ベトナムに行かされる現状があった。貞子は、他国籍の若者まで自国の兵士として、戦地へ送り込み、人間としてのあるべき実体を根底から覆す、アメリカという大国の傲慢さ、それに抗した被爆者の青年の救出に奔走し、全力で闘ったと解せる。

べ平連のデモに関して貞子の見識が示された文章があるので次に引用する。

最初のうち定例デモは、個人原理による運動の新鮮さにかなり多くの人が集まったが、後には学生だけの少数のデモとなり、（中略）自己満足のデモといった懐疑もあった。しかし、日本人米兵清水徹男君（ママ）の米軍脱走の時には、少数派が大きな運動をつくりだし、東京のべ平連と呼応して米軍離脱の目的を達成したことは少数派の運動の有効性を確信させた。しかし昂揚の後には下降現象はさけられず、私も次第に遠のいていった。[注12]

この記述からも分かるように運動の初期の定例デモは、多くの人が賛同し、集ったが、次第に衰退し、学生だけのものとなった。清水氏の脱出には、「運動において数は力なり」という中で少数が関わり、成功させた意義は大きく手応えを感じたが、貞子自身も、清水氏の救出後、活動から離れている。そのため、四四号を最後に、『べ平連ニュース』に投稿していない。

第五節　日本YWCA「ひろしまを考える旅」への関わりから「書くことから語ることへ」とそれに関する詩

日本YWCA「ひろしまを考える旅」の発足に関しての経緯を記述した文章があるので記述する。

「ヒロシマというとき」を私が書いたきっかけは、こうです。吉村さんという人がアメリカの国際YM(ママ)CAの会議に行って、韓国の人たちやら東南アジアの人たちから（中略）「いまでも、日本にもう一度原爆が落ちればいいんだ、経済侵略の次は軍事侵略だ」と。（中略）吉村さんという人は、東京生まれで原爆のことを何も知らないでいた。それで帰ってから早速YM(ママ)CAの総会でそのことを問題提起して、「広島を考える旅」というのを、七〇年以来十

何年もやっています。[注13]

広島女学院大学に開設されている「栗原貞子記念平和文庫」での「ひろしまを考える旅」（ファイル五〇）によると第三回は、「私の履歴書を書く」と題して講演。第六回は、「栗原貞子にきく「広島の証言としての作品を通して」と題して講演。第七回は、「栗原貞子氏（詩人）にきく―作品を通して―「旗」」を講演。第九回は、特別なのか『核時代に生きる』の中で「第九回の旅でフィールドワークの文学グループといっしょに大田洋子の被爆文学地図を歩いたことも忘れがたく残っている。[注14]」との記述がある。以上のことから、短期間ではあるが、熱心に関わったと窺える。

現在でも「ひろしまを考える旅」は、続けられ、全国の中学、高校、大学、大学院生、日本で学んでいる留学生などが参加している。

貞子自身「書くことから語ることへ行動を拡げた始まりは、日本YWCA（日本キリスト教女子青年会）の第一回（七一年七月）「ヒロシマを考える旅」からである。[注15]」と述べている。また、以下の記述からも解せる。「岩国基地に核が存在し、深夜ひそかにトレーラーバスで運び出されたことが確認され、原水禁国民会議や被団協などが現地に抗議団を派遣した際、私も抗議団に同行し、行動をともにした時の作品である[注16]」と詩「同心円―71・イワクニ、ヒロシマ―」（七一・一一・二三）に付記されている。岩国に核の存在が判明し、貞子が希求してやまない「平和」から世情は乖離し、政府への不信と疑念を抱き、危機感を意識し、行動へと方向づけられたと考えられる。この詩は、貞子がいう「行動をともにした時の作品」であることから、時代背景を射程に入れ詩作されたものである。

この詩においては、核兵器が米軍岩国基地に存在する事実があるのに、防衛庁、アメリカ基地司令、岩国市長、国会においての対応は、異口同音「ノーコメント」である。さらに、国の防衛の根幹である防衛庁の出先の「うすら笑いを浮かべて」と詠まれ、権力に対して、貞子の激憤である。さらに、「原爆帝国主義の同盟国日本」と断定し、皮肉っている。被爆国日本であるのに反省を伴わない国に対し、風刺が究極的に強められている。この詩は「ヒロシマというとき」の下地になっていると考えられる。

第六節　署名活動と座り込みの実践とそれに関する詩

まず、署名活動について貞子は、ヒロシマ行動実行委員会の原水禁や原水協、生協の人たちと、広島市の繁華街で軍縮署名とカンパ活動を行っていることが、次の記述から確認できる。

私は二月一三日、三・二一ヒロシマ行動実行委員会の原水禁や原水協、生協の人たちと広島市の繁華街で軍縮署名とカンパ活動を行った。一時間あまりの短時間であったが、私は三七名の署名と二七名のカンパをいただいた。その中には病気でふるえる手で署名した老人もあった。子連れの母親は子どものためにといい、平和教育を受けたという若者も署名した。しかし中年男性は「急いでいるから」とか、「署名しても無駄だ」という人が多かった。経済社会の中堅世代の核兵器への無関心と無気力を意味しているようである。しかし核兵器の恐怖を真に知ったとき、無関心、無気力ですませることが出来るだろうか。[注17]

一時間余りの署名、カンパ活動をし、署名活動の手ごたえはあるものの、日本の経済を支えている中年男性は、軍縮よりも経済優先なのか、無関心である。このことは、署名活動をしたことにより、世情を把握できたといえる。また、「政府は、広島に原爆を投下したアメリカのルメー大将に自衛隊育成の功労章として勲章を送って（中略）私たちは街頭にでて署名運動をした。十二月の吹きさらす寒風の中で[注18]（後略）」という記述がある。広島の原爆投下を指揮したルメー大将に叙勲をしたことは、被爆者を無視し、逆なでした行為であり、政府への怒り、抗議を寒風にさらされながらも署名活動したと窺える。貞子は、高所から眺望するだけでなく、運動の渦中に身を置いてこそ、その時代の断層や隠された襞を探ることに重点を置いた。

次に、座り込みについて貞子は、「広島の被爆者、市民、労働者は原水禁とともに、一九七三年七月二〇日のフランスのムルロア環礁の核実験以来、（中略）一一年間三〇〇回の座り込みを行って抗議しました。私が来る前日にも三〇五回目の抗議の座り込みをしました。[注19]」「トマホーク反対の全国運動の途中、広島の平和公園の原爆慰霊碑の前で、（中略）広島の原水禁や市民団体被爆者団体の人々と共に私も座りこんだ[注20]」とも述べている。

貞子は、座り込みに対しての姿勢を次のように述べている。

「何の役にも立たない」と言う人もあり、参加者の中にも時として無力感がないこともない。しかし即効的な期待はのぞめなくとも抗議を持続することで国際世論をもりあげ禁止させねばならない。[注21]

何の役にも立たないからといって「傍観者」であっては、そこから何も生まれない。まして自分は、核兵器に反対する側にいるのに、黙認することは、今迄「平和・反戦・反核」を訴え続けていた努力が無になる。意志表示すること、すなわち、抗議することによって世論を盛り上げ、核実験禁止へと建設的に繋げようとしている。ここに、状況を常に前向きに転化させ、内なる誠と情熱を支柱とし判断としての積極的、肯定的に捉えようとする貞子の姿勢がある。貞子は『問われるヒロシマ』の中で「座りこむとは何か。幼児がひとつのことを要求してそれが入れられるまで座って動かないような断じて動じぬ抵抗の姿勢である」[注22]と原水禁の森滝市郎代表委員がよく言う言葉を引用している。

坐り込みに関しての詩は、「雨中交霊」（七三・七・二〇、フランス核実験坐りこみの日）「死者たちよ／私たちもまた三十年を耐えて生き／今も怒りに耐えて坐りこんでいるのだ。」と核実験に対しての長年の怒り、抗議があり、「昏い夏―慰霊碑の前の坐りこみ―」（『広島通信』七四年八月号に掲載）「碑の前に坐った一団は／残酷な太陽に照りつけられながら」と真夏の酷暑の中での坐りこみがあり、「人間の証」（七五・一一・二八、米、仏同時核事件に抗議して）「私らは実験のたびに／原爆慰霊碑の前に坐りこんだ」があり、付記に「七五年五月二十日に行われたインドの核実験以来、七五年十一月二十六日までに三十五回の座りこみが行われた」と書いた。[注23]」と記述されている。このことは、わずか六ケ月間に三五回も座り込みを行ったことになる。

「原爆慰霊碑の前から」（『反核詩画集　青い光が閃くその前に』八六・四）「私たちは如何なる国の／如何なる核実験にも抗議して／やけつく石だたみの上に／凍てついた石だたみの上に／雨にぬれ風に吹かれて座りこんで／世界へ向けてメッセージを送った。」と核実験の抗議を世界に送り続けているという詩がある。

前述の四編の詩から、貞子は各国の核実験があるたびに、炎天下の日も、体が凍りつくような寒い日も活力と意力でもって体を張って抗議するため坐り込んでいる。以上のことから貞子の「核廃絶」への熱意、執念が読みとれる。

　このように核実験が行われるのは、プレス・コードによって原爆は人間悲惨とは知られず、威力として知られ核兵器の増産が行われたからであった。もし、原爆の悲惨が世界中に知られていれば、ここまで、核の増産はあり得ないのである。

第七節　海外での活動と国内での活動とそれに関する詩

　まず、海外での活動を考察する。

貞子は、『反核詩画集　青い光が閃くその前に』の「あとがき」に次のように当時の見解を述べている。

> 　私にとって、八十年五月ホノルルのカイルワで開かれた非核太平洋国際会議に原水禁国民会議から出席したこと、又八二(ママ)年五月に西独ケルン市で開催された82国際文学者平和会議に日本の反核文学者の人々とともに参加したことは、その後の私のものの見方、考え方に深く影響し、それまで見えなかったもの、実感できなかったものが少しづつ見えるようになり、

実感できるようになりました。太平洋の被爆島民や飢えたアフリカの第三世界の人々、そしてヨーロッパの人たちとの交流を通じ相互理解を深めることができました。[注24]

貞子が海外において多種多様な人々と交流したことで、グローバルな視座をもって原水爆禁止運動を、多角的に捉えることになったと考えられる。なお、ケルンでの会議では発展途上国から「核の問題より飢えの問題が先決」との意見が出され、「アジアから朝鮮とインドから各一名づつ参加したのみで中国や東南アジアは欠落していた。[注25]」との参加者が少ないことから「戦後三八年目、新たな戦争の危機的状況の下で、核戦争の危機を訴える日本の文学者のグループが、アジア太平洋地域の文学者に呼びかけ、〝核、抑圧(マ)、貧困(マ)からの解放〟をテーマに、七月二七日から三〇日の四日間ヒロシマでアジア文学者会議を開催する。[注26]」と述べている。このことから、貞子は一人でも多くの文学者に「核」だけでなく「抑圧」、「貧困」からの解放を呼びかけ、他者への連携を希求する心情が窺える。このことに関して貞子なりに解答を見出した文章があるので記述する。

「文学は何ができるか」と言ったとき、直接的には飢えたる子供を救うことも出来ないし、即効的な効果をあげることはできないだろう。しかし、確実に、人間と人間を結びつけ、人間的感動を呼びおこし、人間的行動へのよび水となることは言えるようである。原水

禁運動の組織や、広島市の文化センターなど、国際世論に働きかけるための、そうした努力をしてほしいものである。[注27]

この成果として参加者の発表を『核　貧困　抑圧』（ほるぷ出版八四・二）にまとめ出版している。執筆年月は不明だが『反核詩画集・青い光が閃く前に』に収められた「難民」という詩がある。この会議に参加したことから詠まれたものと解し、詩の全文を記述する。

グラビアの光る写真の／ナンビアの／サンビアの／アラビアの／カンボジアの／蛙の腹のようにふくれた太鼓腹の／かぼそい手と足の／眼だけ大きくうつろに／見ひらいているこどもたち／栄養失調で失明するこどもたち／／ペットに充分な食べ物をあたえ／美容院につれて行く女たち／たべすぎて肥満の体をもてあまし／やせぐすりを飲む／北の女やこどもたち／ペットにあげる食物を／わけてあげて下さいと訴えた／バングラデシュの女の教師／八億の民が飢え　毎日四万人が／飢え死にする南の国／／海の難民／砂漠の難民／難民のテントを砲撃した／イスラエルの兵士たち／ボロギレのように／路上にならべられた死者の群れ／血は海のように流れ／乾いた砂に吸いこまれた／／原爆難民だったヒロシマの私たち／ナンビアの／ザンビアの／アラビアの／カンボジアのこどもたちの空っぽの胃袋へ／ミサイルをパ

ンに代えさせ／人間のあつい思いを／送りとどけよう

この詩は開発途上国の貧困と文明社会の目に余るほどの裕福のあり様との格差の現状を詠み、さらに海の難民、砂漠の難民、紛争により抑圧され、虐げられた難民の列挙である。かつてヒロシマは原爆難民だった故軍事費を救援物資として「人間のあつい思いを／送りとどけよう」と結ばれている。貧困、抑圧の渦中にある人たちに対しての貞子の精神的告発とともにヒューマニストの精神が息づいている。

この時期の作品としてベルリンの壁解放直後に詠まれた詩「壁が崩れるとき」(八九・一二・五)やアウシュビッツ展を見て詠んだ詩「ヒロシマ、アウシュビッツを忘れまい」(八九・一二・八)がある。

次に、国内での活動を考察する。

貞子は、次のように国内の会議に参加し、報告している記述があるので引用する。

八三年七月に広島市で行われた「核も抑圧もないアジア太平洋ヒロシマ会議」、八四年五月の「核も基地もない太平洋国際会議ヨコスカ」、更に昨年八五年十月東京で行われた「女性による反核・軍縮・非核地帯設置のための国際フォーラム」などに参加して、私のヒロシ

マ原体験や原爆文学などについて報告する機会をあたえられた。[注28]

これらのことに加えて、貞子にとって究極とも言うべき活動であるＰＫＯに関して『朝日ジャーナル』において掲載があるので引用する。

今年四月、政府は「平和への国際貢献のため」という名目で、機雷掃海作業のために海上自衛隊の掃海艇部隊をペルシャ湾へ派遣した。その部隊の帰港に際し、海部首相（当時）や中山外相（当時）らが出席した歓迎式典が行われた。戦前から一貫して反戦・反核を訴え続けてきた栗原さんは「自衛隊の海外派遣は憲法違反」として、「掃海艇の歓迎・戦勝パレードを許さない」デモの呼びかけ人となり、集会や新聞紙上で訴え続けてきた。これが、脅迫の標的となる直接の原因となったようだ。（中略）「戦後四六年間、反戦・反核を訴え続けてきたのに、ここで黙ってしまったら、この間の責任がとれない[注29]」

このことは、一九九一年一〇月三〇日広島県呉港においてのＰＫＯ反対の抗議集会を開催した時、自宅に帰り着くよりも早く脅迫電話、脅迫状が届き自宅に投石されることになったことから『朝日ジャーナル』がそのことを記事として掲載している。貞子は政府を相手取ってでも憲法九条を固守し、平和の本質を訴えている。

ＰＫＯ反対の一編「許すな　戦争への道」（九二・六・二七）がある。この詩は、「政府の行為によって再び戦争の／惨禍がくり返されようとしている時／それを阻止するのは／主権者である私たち国民だ。／私たちの力を総結集し／海外派兵を阻止しょう。／再びアジアへ侵略の銃を向けまい。／許すなＰＫＯ　戦争への道」と掃海艇が出発したことへの批判である。

さらに、ＰＫＯを詠んだ詩には、「海の掃除にＧＯ！ＧＯ！ＧＯ！」（九一・四・三〇）、「一国平和主義のエゴイズムで／国際社会の孤立だとバッシングする／半世紀前、非国民・国賊と弾圧し／孤立させた天皇の国の論理と／そっくりだ」があり、「掃海艇帰還の日―一九九一・一〇・三〇―」（九一・一一・四）においては、「祝賀式典は許さんぞ！／海外派兵は許さんぞ！／ＰＫＯ反対！／自衛官は不当な命令を拒否せよ！／反戦自衛官とともに闘うぞ」と詠まれ、「原爆紀元四十六年―ヒロシマの詩は脅迫に屈しない―」（九一・一一・五）においては、「政府の行為によって再び／戦争のあやまちがくりかえされようとしているとき　主権者の国民を黙らせ／世界の流れから再び孤立する／皇記二千六百五十一年／沈黙は歴史を暗転させる／地獄の季節を阻止しよう」と脅迫に屈しないどころか政府に対し挑戦があり、「都市風景」（九二・五・二四）においては、「無関心が行きつくところは戦争だ」と無関心の脅威が詠まれている。

貞子は、「文学は政治に従属するものではなく政治に先行するものであり、政治的征服者たちに対していつの時代でも自由な文学は反対の立場に立っている。[注30]」と文学のあり方を述べ、また、「政治への無知と無関心こそ、平和への敵といえるでしょう。[注31]」と平和を希求する貞子の真意を述べている。このことから詩「許すな　戦争への道」を詠み体を張ってまで反ＰＫＯ抗議集会に参加したと窺える。

私はとりわけ湾岸戦争以後、急ピッチをあげて「海外派兵反対」「護憲」で夜も昼も「集会だ」「デモダ」「講演だ」と走りつづけた。昨年十二月暮、過労のため体調を崩し、精密検査の結果、自律神経失調症と診断さて、(ママ)徹底的にリラックスをするように言われ静養しながらぼつぼつ書いているが、状況はリラックス出来るような状況ではない。そのような状態で、私は今年の三月八十才を迎えた。[注32]

これらのことから貞子は、請われるままにありとあらゆる集会、講演会に出席していることが見て取れる。また、八〇歳という年齢を押して我が身を省みず反戦運動に没頭し、体調を崩したことは、「平和」に対する信念と執念としかいいようがないと解せる。さらに、政府への「怒り」と読者への「共有」を希求していることが考えられる。

第八節　核の問題への関わりとそれに関する詩

一九五五（昭和三〇年）五月に旧平和記念館、同年八月に原爆資料館が開館された。その翌年の五月二七日から六月一七日まで、原爆資料館は原子力平和利用博覧会の第一会場に、平和記念館は第二会場にあてられた。原発は、夢のエネルギーとして戦後復興を急ぐ次期に入ってきて、被爆地広島にも浸透した。「原爆を受けた広島市に原子力発電を建設すべきだ」との声もあり、浜井市長は「（原爆）の犠牲者の慰霊になる」と発言した。森滝市郎氏は当初賛成していたが、「核エネルギーと人類は共存しない」と核廃絶へと運動を進めた。被爆地広島においては、「核」にはこの様な経緯がある。

日本国内においては、六〇年から七〇年代の始め、万国博覧会の頃をピークにして政府の高度経済成長のバラ色の夢が盛んに論じられた。学者やジャーナリストが、原発を未来のバラ色のエネルギーとして掻き立てた。核の平和利用として、安全性を確かめないまま、原子力発電所が建設され、日常のエネルギー源とされた。それに関して貞子は、核の危険性を次のように述べている。

・原子力の平和利用という名目で、安全性がたしかめられぬまま、原子力発電所が次々にできまして、放射能洩れの事故などが相ついでおこり、いわゆるエネルギー源としての核による新しい被爆者(ママ)ができつつある状態でございます。このように私たちは、兵器としての核と、それから日常のエネルギー源としての核の中にとりかこまれて生きております。(中略)私たちは核を避けるのではなく、核がどのように根底的に人間を破壊するかということを知り、そして人間として核をなくするために立ち向かわなければならないと思います。[注33]

・原発それ自体の危険とともに原発によってつくられるプルトニュウムが核兵器に転用されることに目をつむり、核兵器だけの廃絶をとなえることは、底のぬけた半面運動でしかありません。[注34]

・たとえ核戦争がなくても、ある日突然、原発の大事故が起こり、一地方が全滅するという脅威のうちに生きている。[注35]

・CO_2削減に有利だとしているが、気は確かと疑いたくなる。「原発と原爆一字のちがい、いづれにしても地獄行き」(中略)原爆と原発は同じ放射能の一体にして双頭の怪物である。[注36]

貞子は、被爆者として「核」が根底的に人間を破壊することの脅威を実体験しているが故、核廃絶に立ち向かわなければならないと言及し、共感を求めている。また、「核」の放射能の脅威の実態を明言し、核体制の世界戦略下での危機的な状況がやがて起こり得る恐怖を先駆的に指示している。

詩「ネバダについて」の付記に「この作品と「セミパラチンスクについて」は、米国とソ連の核実験再開への抗議として[注37]」と記述がされている。「ネバダについて」は、「百千のひろしまがいちどきに／燃えあがる時／あなたも世界も／終ってしまうのに」と詠まれ、「セミパラチンスクについて」は、「亡びのエネルギーを爆発させながら／新しい爆発をよびおこし／世界の終りを招くもの」と詠まれ、二編ともこのまま核実験を続けるならば世界の終わりである。何としても核実験を阻止しなければと強烈な言葉で詠んでいる。核の脅威を体験している者だからこそ直截な主観の表白である。

次に、原発の実態である。

原発事故が起きると放射能漏れ、原発から常時排出される大量の汚染水、空気筒から排出される微量放射能が食物連鎖によって人体への備蓄、原発炉内で働く作業員の被曝がある。

まず、一九七九（昭和五四）年スリーマイル島の原子力発電所で重大な事故は、チェルノブイリ原子力発電所事故の五年前に起きた。その時貞子は詩「燃えるヒロシマ・ナガサキ・ハリスバーグ」を詠んでおり、この詩の付記に「米国ペンシルベニア州ハリスバーグ市のサスケハンナ川にあるスリーマイル島の原子力発電所で重大な事故が起きた。（中略）アメリカの被爆者とともにアメリカの政府を告発し、核廃絶を迫ることを書いた作品です[注38]」と記述している。「燃えるヒロシマ・ナガサキ・ハリスバーグ」では、「排気筒から吐き出される微量放射能。／海へたれ流される／温排水の微量放射能。」と放射能の実状、放射能の影響は人体だけでなく植物にまでも影響を与え「核権力と死の商人は／ヒロシマを平和のカプセルに入れ／紙幣と棍棒で強制した。」と詠まれ、最初の原子炉予算三億円が自然成立した時、日本学術会議の学者たちの反対に対して改進党の中曽根康弘代議士は、「反対する学者どもの頭をひっぱたたいてやる」と権力と経済発展をもって原発を導入したことへの経緯に関する批判である。

次に、チェルノブイリ原子力発電所事故は一九八六（昭和六一）年四月二六日に起き、原発から半径三〇キロメートル以内の地域で住居する約十一万六千人が即時に強制避難した。二〇一八年現在もなお半径三〇キロメートルの地域での住居は禁止され無人の土地である。まさに貞子の予見どおりである。

原爆の人間の悲惨、人間全体の回復という公理を成立させる方向にこそ、すべての「核」からの解放があること秩序立てている。それとともに「核」をこのまま進めれば世界の終わりをもたらすという抗議である。

黒古一夫氏は、「告発者―栗原貞子」と題し次のように述べているので引用する。

被爆体験から出発した詩人栗原貞子は、自らが体験した〈地獄〉を核に、反原水爆・反核実験・反原発・反差別・反天皇制などの思想を自分のものとし、あらゆる非人間的なものとの闘いを続ける〈表現者〉へと変貌していったのである。[注39]

貞子が、被爆の体験をもとに積極的に反原水爆・反核実験・反原発・反差別・反天皇制へと問いかけたことに革命的ヒューマニストであったことを裏付けている。

第九節　詩人として運動家として

詩人としては、戦時下においてアナキーズムの思想を詠んだ「黒い卵」、被爆直後、原爆の実状を詠んだ「生ましめんかな」、「原爆で死んだ幸子さん」、原爆のゲの字も言えない占領下でペンネームを変えてまで詠んだ「私は広島を証言する」がある。戦争責任と謝罪を投げかけた「ヒロシマというとき」、原爆、部落、朝鮮人差別を詠んだ「未来はここから始まる」、核の脅威を詠んだ「未来への入り口」、チェノブイリ原発事故を詠んだ「燃えるヒロシマ・ナガサキ・ハリスバーグ」等がある。さらに、「被爆米兵への悼みうた」があり、『忘れじのヒロシマわが悼みうた』（九七・六）の中には家族をはじめ多くの知人の悼みうたを詠み、原爆小頭症、水俣病、戦争遺児、阪神大震災と多岐に渡っての詩がある。

人間の内面の深層に照明をあて、率直に戦争の無意味、被爆の実態、世情を批判、風刺した作品を多く書きとめた。それ故に貞子の詩はヒロシマの怒りとなり、厳しい抗議の声が満ちたものである。さらにいえば、長い年月詩人として着実に、成熟と思想的深みを獲得したのである。

運動家としては、初期の平和運動から朝鮮戦争、自衛隊の増強、ベトナム戦争、日米安保条約の強化、自衛隊の海外派遣へと事態の進展に鋭く対応し、先制的に批判を展開した。「平和・反戦・反核」のため、平和運動、原水爆禁止運動と関わり、集会、デモ署名活動、座り込みに積極的に参加し、身を持って抗議をした。乞われれば、ありとあらゆる所に講演に行き、ついには体調を崩してしまうほどであった。「傍観者」としてではなく、抗議の渦中へ精神だけでなく肉体までも投じたその運動家としての姿勢は、詩人としての作風にも結びついたのである。

前述した詩「日本を流れる炎の河」以外に詩人と運動が常に結びついていた実証として詠んだ詩を次に挙げる。

「慰霊碑の中から――（原水爆禁止広島母の会の街頭アピールのために――五九・一二・一九）で「原爆犠牲者は／わたしたちだけで沢山です。」と詠み、安保闘争の参加の中での詩「うたごえはと絶えはしない」（五九・一一・一五　作者注　広大生八名が安保阻止行進中捕えらる（ママ））では「一晩中、囚われた仲間によびかける／「平和の戦士を釈放せよ」／「自由の戦士を釈放せよ」」と詠み、第六回の「平和行進を讃える―一九六〇年六月八日広島通過に際して―」においては、「燃えながらすすむ生命の行進。」など強烈に詠んでいる。

デモを扱った詩には、「提灯デモ」（五九・一一・二五）第七次安保闘争のデモに参加し、その中にはケロイドの人、ニコヨンの人も一緒に「私は愛です」と詠まれ、「生きのこったものの足どりを―静かな行進―」（六〇・二・二九）おいては、「わたしらは／日の丸と／軍艦マーチにつきまとわれ／しゅくしゅくと街を歩いた。」右翼団体に付きまとわれながらのデモが詠まれ、「鉛の靴―デモのすすめ―」（『社会新報』六八年三月三十一日号に掲載）においては、「女がデモや会議に加わるには／百の手を／すかしてからではないと出かけられない。」とデモに参加する苦労が詠まれている。

その他メッセージとして詠んだ詩、「上関原発に反対集会のための「ヒロシマからのメッセージ―豊かな海といのちを売るまい―」（九四・六・六）においては、「上関原発の野望を許すな。（中略）世界の核被害者を忘れまい。」と反対集会のメッセージらしく的確に詠まれている。

また、運動に関しては貞子の真意を述べている文章があるので引用する。

・どうか原爆反対に立ち上ってください。私は戦後ずっとそんな思いで、詩を書き、原水禁止運動などに参加してまいりました。[注40]

・私は平和の論理はつらぬかれねばならないと信じているが、セクトにはあまり拘泥しない。だから参加出来る場があれば参加し、そこから学び平和のひびきを少しでも大きくして行きたいと思っている。極端にいえば、マイナスの中からでさえ学んでいくために参加の精神は持続して行きたいと思っている。[注41]

このことから、貞子は、「原爆に反対」、「平和の倫理」を悲痛なまでの叫び、祈りでもって希求している彼女の「根源の声」であることがわかる。娘の眞理子氏は母貞子のことを「ただ、反戦・平和にかんしては最後まで強い思いを持っていました。[注42]」と述べている。生活を共にした娘からの証言は揺るがない事実である。また、マイナスからでも学ぼうとする姿勢は学ぶことに関していかに貪欲であったかということが窺える。その証明として、広島女学院大学において開設されている「栗原貞子記念平和文庫」に『原水禁ニュース』（原水爆禁止日本国民会議発行、ファイル一六・一七）の一九六九年五月一日号から二〇〇一年七月一日号迄ほとんど存在していることである。貞子は、九九年六月右脳梗塞のため左半身不随となっているが、その後、二年購読をしていることからもわかる。また、この学ぼうとする姿勢と熱意が、先駆的な平和運動へと展開していったといえる。また、いかに広く情報のアンテナを張り巡らし、批判精神を研ぎ澄ましていたか理解できる。

おわりに

貞子は、「行動する詩人」として知られており、詩人と運動は彼女にとって車の両輪である。どちらを欠いてもバランスが取れないことは前に述べた。

本章における論点に基づいて整理すれば、まず、貞子における精神の最深部、思想的根幹には、「革命的ヒューマニストの立場」として揺るぎない人間の尊厳に依拠する確固たるものがあり、同時に原爆を実体験したことにある。

「人間を大切に思う心、どれだけ人間を大切にしているか」貞子の人間性に迫るため彼女が述べている文章から引用する。

・戦争がないからといって平和であるとは限りません。強者が弱者を、権力が国民を抑圧し、基本的人権が蹂躙された状況は、もはや平和であるとは言えません。自由なくして平和はありえないし、人権が保障されない平和は不安定な休戦状態と変わりありません。世界のどこかで人権が踏みにじられている時に、世界の平和などありえません。[注43] ひとりひとりの生命・生命の厳粛な連続を戦争によって断ちきり、絶滅してはなりません。ひとりひとりの生命の大切さを思い、生命をむざむざ奪う戦争を起こさせないために大人も子どもも考え、できることを実践していきましょう。[注44]

これらの事から貞子の人間性が読みとれる。

貞子の詩の特徴は、詩の表現が評論的である。故に、問題を表層的からだけでなく深層的視点から、多角的視野からも問い、詩人としての鋭い感性と感覚でもって媒介し、咀嚼することによって貞子は「傍観者」としてではなく、抗議の渦中へ精神だけでなく肉体までも投じた。

貞子はアナキストであった栗原唯一と結婚したことで、思想、信念を核にした表現、活動の数々をなお一層思索的な生き方を具現化したといえる。そして、貞子の活動の原点、形象の背景は自ら被爆したことである。原爆投下の阿鼻叫喚の惨状を体験し、その後の放射能汚染で肉体ばかりでなく、精神までも灼かれ、親しい人を失った嘆きは、貞子の中で湧出し、それが戦争への憎悪となり「平和・反戦・反核」を希求する原動力となった。その原動力は貞子の根底に「平和への信念」と「強靭な執念」があったからこそである。徹頭徹尾「革命的ヒューマニストの立場」である心情と反核の精神は死に至るまで失われなかった。それは、貞子の生き方そのものであった。
貞子は、「平和・反戦・反核」のための講演、集会、デモ、署名運動、座りこみに逡巡することなく積極的に参加して可能な限り身をもって抗議し、一生貫いた不屈の思想の持ち主だった。それ故、周囲との摩擦も生じたが、セクトには関わらず、自由に参加し学び、単発的に、多種多様に関わって「平和・反戦・反核」に真剣に対峙し、運動においても詩作においても訴え続け、一線を駆け抜けたのである。

注

1 栗原貞子『どきゅめんと・ヒロシマ24年　現代の救済』社会新報　一九七〇年四月　二四〜二六頁。初出『中国新聞』一九五九年八月二二日。
2 大原亨「式辞」『栗原唯一追悼　平和憲法の光をかかげて』詩集刊行の会　一九八〇年一一月　一六頁。
3 森井忠良「式辞」注2に同じ。一七頁。
4 注1に同じ。一〇頁。
5 安藤欣賢「ヒロシマ　表現の軌跡　第一部栗原貞子と周辺」『中国新聞』一九八七年七月二二日。
6 栗原貞子『ヒロシマの原風景を抱いて』未来社　一九七五年七月　二五〇頁。
7 大牟田稔「被爆者援護法と森滝市郎」『軍縮問題資料』第一六二号　宇都宮軍縮研究室　一九九四年五月　六六頁。
8 詩　栗原貞子　画　吉野誠『詩と画で語りつぐ　反核詩画集　ヒロシマ』詩集刊行の会　一九八五年三月

一五頁。

9 栗原貞子『詩集　私は広島を証言する』詩集刊行の会　一九六七年七月　二四頁。

10 『ベ平連ニュース縮刷版』「ベ平連ニュース縮刷版」刊行委員会　一九七四年六月　五三頁～一二一四頁。

11 注5に同じ。一九八七年七月二九日。

12 注6に同じ。二五二頁。

13 栗原貞子「著者と語る　原爆体験を伝えること　「生ましめんかな」「ヒロシマというとき」の周辺」『国語通信』一九八三年七月・八月号　第二五七号　筑摩書房　一九八三年八月　三三頁。

14 栗原貞子『核時代に生きる』三一書房　一九八二年八月　一八七頁。

15 注14に同じ。一七四頁。

16 『栗原貞子全詩篇』土曜美術社　二〇〇五年七月　三一三頁。

17 栗原貞子「軍縮にかけるわが思い」『月刊社会党』第三〇九号一九八二年四月号　日本社会党中央本部機関紙局　一九八二年四月　一〇四頁。

18 注1に同じ。九九頁。

19 栗原貞子「ヒロシマの原体験を通して」『月刊社会党』一九八五年一二月号　第三五七号　日本社会党中央本部機関紙局　一九八五年一二月　五六頁。

20 栗原貞子『問われるヒロシマ』三一書房　一九九二年六月　一八頁。

21 注14に同じ。二一〇頁。

22 注20に同じ。一九頁。

23 注16に同じ。三四八頁。

24 栗原貞子　吉野誠『反核詩画集　青い光が閃くその前に』詩集刊行の会　一九八六年四月　九三頁。

25 栗原貞子「闇のなかから光を見い出そう　飢と　核に苦しむ第三世界」『証言』第三号　広島・長崎証言の会

一九八二年八月　四八頁。

26　栗原貞子「文学者の戦争責任　―アジア文学者ヒロシマ会議を前に」『月刊社会党』一九八三年八月号　第三二七号　日本社会党中央本部機関紙局　一九八三年八月　一六四頁。

27　注6に同じ。二五七頁。

28　注24に同じ。七一頁。

29　ジャーナリスト・土井敏邦「脅迫にさらされる原爆詩人「ここで黙れば責任とれぬ」」『朝日ジャーナル』一九九一年一一月二二日号　朝日新聞社　八六頁。

30　注1に同じ。二一一頁。

31　注6に同じ。三七頁。

32　栗原貞子「中山士郎随筆集「原爆亭折ふし」を読んで―私的感想―」『人類が滅びぬ前に　栗原貞子生誕百年記念』広島文学資料保全の会　二〇一四年一月　四五頁。

33　栗原貞子「ヒロシマ・ナガサキから　被爆者のこころ　―正田篠枝さんと私―」『原爆から原発まで　―核セミナーの記録（上）』編者原爆を伝える会　柏心社　一九七五年七月　七二頁。

34　栗原貞子「ヒロシマについての未来について」『旭川市民文芸』第二一号　旭川市立図書館　一九七九年一一月　五六頁。

35　注14に同じ。一二八頁。

36　栗原貞子『反核詩集　核なき明日への祈りをこめて』詩集刊行の会　一九九〇年七月　四三頁。

37　注16に同じ。一二六頁。「この作品と「セミパラチンスクについて」は、米国とソ連の核実験再開への抗議として『ひろしまの河』第三号一九六一年一〇月一日号に同時に掲載。

38　注16に同じ。三七五頁。

39　黒古一夫「原民喜から林京子まで　六告発者―栗原貞子」『日本の原爆記録⑯』日本図書センター　一九九一

年五月　四〇〇頁。

40　栗原貞子「…広島で考える…」『月刊ヒューマンライツ』一九九二年五月号　第五〇号　部落解放研究所　一九九二年五月　六二頁。

41　注6に同じ。　七七頁。

42　栗原眞理子「思い出すまま」『栗原貞子を語る　一度目はあやまちでも』広島に文学館を!市民の会　二〇〇六年七月　九六頁。

43　栗原貞子「特集・三八年目の「戦前」　文学者の戦争責任　―アジア文学者ヒロシマ会議を前に」『月刊社会党』一九八三年八月号　第三二七号　日本社会党中央本部機関紙局　一九八三年八月　一七五頁。

44　栗原貞子「地下室の誕生　―「生ましめんかな」の赤ん坊―」『軍縮問題』第一二一号　宇都宮軍縮研究室　一九九〇年一二月　五二頁。

終　章

本書において、栗原貞子は「行動する詩人」として知られているが、なぜ詩人と平和運動とを両立させたのか、筆者として疑問を持ち、それを明らかにすることをめざした。そのため、詩人としての側面を理解するには、社会性、思想性、人間性を理解しておくべきであると考え追究した。それ故、詩の解釈にあたって貞子が何をいわんとしているのか、そこに隠された社会性、思想性、人間性を探りながら考察してきた。ここで一章から七章までを振り返り、終章として結論を導きたい。

序章において、貞子はトイレに隠れて読むほどの読書家であり、歌誌『処女林』の同人なり、被爆の惨状を三一文字に表現するのは不可能であると考え、詩作に向かい、詩人へと方向づけられた。また、アナキストである栗原唯一と結婚したことにより社会的、思想的にも目が向けられるようになったことを明らかにした。

第一章において、詩歌集『黒い卵』のことを取り上げた。数点の作品がアメリカの占領下時代検閲により削除され、自らも削除して貞子は発刊した。占領時代のことを研究している袖井林二郎氏が、米国メリーランド州立大学マッケルデン図書館に収められた厖大な量の検閲押収文書の中から『黒い卵』のゲラ刷りを発見し、八二年に堀場清子氏が、そのコピーを取り同年一〇月に貞子に渡した。貞子は、『黒い卵』の原型を三六年ぶりに目にし、検閲で削除された作品についても自ら削除した短歌を加え一九八三年七月に完全版として人文書院から刊行したことを述べた。貞子は、「詩歌集『黒い卵』の冒頭の詩「黒い卵」や、「季節はずれ」「手紙」「日向ぼっこをしながら」などの詩は、私の反戦思想の基になっている思想的立場を意味する作品である。」と自著の中に述べていることから詩の中にどのように表現化されているかを考察し、さらに、戦時下という背景の中で詠まれた「黒い卵」については、権力に屈しない個性があり、自らどう生きるか、政治に翻弄されない自己決定があることを指摘し、抑圧と圧制の辛苦の中で、「未来」を模索し、強靭な思想としなやかな表現が生みだされた詩であると結論づけた。

また、先行研究において貞子はアナキストと評されているが貞子自身明言していないことから、アナーキズムの信条である「全ての権力を否定し、自由発意、自由合意」を根底に据え、それに加え、切実な願いである愛への希求があることを詩歌集から読み解いた。

第二章においては、「生ましめんかな」、「原爆で死んだ幸子さん」、「私は広島を証言する」の三作品について、貞子自らが「戦後の原点」であると述べていることから考察をした。

「生ましめんかな」は、原爆投下の被害により生きる気力もない地獄のような中での赤子の誕生と産婆の使命感は、多くの人に生きる勇気と希望を与えた。「原爆で死んだ幸子さん」は、当時旧制中学校、女学校の多くの生徒が、動員で駆り出され被爆死した事実があり、被爆死した生徒の母の愛、悲しみ嘆きが謳い上げられている。「私は広島を証言する」は、検閲の最も厳しい中にあって原爆の証言者として、「「もう戦争はやめよう」と／いのちをこめて歌います。」と宣言しているところに貞子のしたたかさと個性がある。また、戦時下においては「もう戦争はやめよう」の言葉は口にはできなかったことから、これまでの抑圧された思いが解き放されて詠まれている。占領下で詩「私は広島を証言する」を発表したことは価値あるものといえる。「生ましめんかな」、「原爆で死んだ幸子さん」、「私は広島を証言する」の三作品は、被爆の惨状を詠むことによって、戦争とは、原爆とはいかなるものかを読み手に訴え、反戦の思いが込められている。

未曽有の原爆の惨劇を目撃体験したことで、貞子を原爆の表現者としての詩人として方向づけた。また、前述した三作品とも叙事詩的内容であるため歴史の語り部ともいえる。

第三章においては、詩「ヒロシマというとき」が詩作された背景には、何より貞子がベトナム反戦運動に参加することによって平和の意識をより強くした事実があったことを確認した。さらに、「ヒロシマというとき」の詩作の直接の契機は、ＹＷＣＡの吉村氏から、アメリカでの国際会議においてアジアの代表から、旧日本軍がいかに第二次世界大戦中アジアの人々を虐待したかについて聞かされるなど、アジアの人々の辛辣な反応があったことに着眼した故であるとした。また、山口県の岩国米軍基地に核兵器が貯蔵され、核部隊が存在していることが判明し、貞子の日本政府への不信感、危機感が原動力であったことであるとした。さらには、日本が、終戦当初は掲げていた「平和・反戦・反核」から、時代と共に少しずつ乖離していることから、改めて「平和・反戦・反核」の原点に立ち戻らなければならないとの強靭な思いがあって詩作されたものとしても位置づけた。貞子は詩を通して一五年戦争の恥部を多層的、輻輳的に捉え「原爆被爆者」でもあるが「加害者」でもあるという実態を見据え、自己の人間性を率直に対峙させることによって一五年戦争への、糾弾と謝罪を投げかけ共感を求めた。

以上のことから「ヒロシマというとき」は旧日本軍が侵略加害をしたことへの反省に立ち、日本が世界にできることとして戦争放棄の憲法の実行、核廃絶や軍備の完全撤廃を挙げ、そこから真の平和実現に向かわなければならないとの主張が詠まれている作品であることを明らかにした。この詩は、日本の現状を批判し、一石を投じたことにより重要な役割を果したと述べているが、同時に貞子の魂の告白として同時代の人類の課題を謳あげている。その点から見るならばこの詩は貞子自身の個人史であり、昭和史への強烈な反省と現状と未来への行動提起と解されるのである。

第四章においては、『詩集　未来はここから始まる』の扉に「一度目はあやまちでも／二度目は裏切りだ／死者たちを忘れまい」が記載され、この「詩句」は後の貞子の詩に何度か繰り返されていることから「詩句」は平和への信念、原爆で生き残った者の責務として、二度と戦争へと突き進まないための戒めであり、メッセージであり、必然性をもった絶対的真理としてのものであると結論づけた。さらに、貞子の「孤独と傷心」に陥った因果関係を述べ、そこからの脱却の契機について明らかにし、脱却後、詩がどのように変化したかを考察した。

貞子は、孤独の数年間を経験したことにより、自分のおごり、高ぶり、いかに自分本位であったかということに気づき反省し、人間性を成長させることができた。つまり、繊細な詩人であったが、強い活動家と変えられたといえよう。

貞子は、その後、被爆韓国人の存在を知り、差別を意識するようになり、詩「未来はここから始まる」を部落解放同盟全国婦人集会のために詠んだ。それ故、「未来」は差別と核廃絶であるとし、「ここ」においては差別に対峙し、立ち上がり、糾弾する時と捉えた。また、詩「未来への入り口」の「未来」は、平和が実現されていく世界であり、「ここ」は過去を見据え、問いかえし、声をあげる地点であると結論づけた。

第五章においては、「一度目はあやまちでも／二度目は裏切りだ／死者たちへの誓いを忘れまい」の「詩句」は貞子の詩一三編に詠まれていることから考察が必要と考え、それぞれの詩を解釈した。

第六章においては、大田洋子のアンケートが、広島の原爆文学論争へ飛び火した。このことから、第一次原爆文学論争が、一九五三年一月二五日づけ、『中国新聞夕刊』学芸欄に志条みよ子による一文「原爆文学について」が掲載された。このことが発端となり中国新聞夕刊において四月半ばまでのほぼ三ケ月にわたって、反論・再論など所謂原爆文学論争が起きた。

第二次原爆文学論争は、一九六〇年三月一九日の『中国新聞朝刊』学芸欄に栗原貞子が「広島の文学をめぐって上」を、三月二一日に「広島の文学をめぐって下」を掲載したことから、第二次原爆文学論争が六月半ばまで続いた。その論争は、朝刊だけでなく夕刊日曜日版においてもなされた。

この論争は、原爆文学をめぐっての論議を巻き起こし、多様な立場の人々を巻き込み、原爆と表現について考えさされた意義は大きいことから考察する必要があると思い章を立てた。

第七章においては、「行動する詩人」といわれている、貞子にとって詩人と運動は車の両輪である。どちらを欠いてもバランスが取れないのである。運動家としては、初期の平和運動から朝鮮戦争、自衛隊の増強、ベトナム戦争、日米安保条約の強化、自衛隊の海外派遣へと事態の進展に鋭く対応し、先制的に批判を展開したことを確認した。「平和・反戦・反核」のため、平和運動、原水爆禁止運動と関わり、集会、デモ署名活動、座り込みに積極的に参加し、身を持って抗議をした。乞われれば、ありとあらゆる所に講演に行き、ついには体調をくずしてしまうほどであった。「傍観者」としてではなく、抗議の渦中へ精神だけでなく肉体までも投じたその運動家としての姿勢は、詩人としての作風にも結びついていることを明らかにした。貞子がアナキストであった栗原唯一と結婚したことで、思想、信念を核にした表現、活動の数々をなお一層思索的な生き方を具現化したといえる。そして、貞子の活動の原点、形象の背景は自ら被爆したことである。原爆投下の阿鼻叫喚の惨状を体験し、その後の放射能汚染で肉体ばかりでなく、精神までも灼かれ、親しい人を失った嘆きは、貞子の中で湧出し、それが戦争への憎悪となり「平和・反戦・反核」を希求する原動力となった。

貞子は二〇〇一年八月発行の『月刊クーヨン』において次のような記述がある。

力でもって他人を強制することなく、自由発意と自由合意によって生きていくことが、「平和」の原則だと思います。[注1]

この時の年齢は、八八歳である。この記述から、貞子は、自分の人生を振り返り「自由発意、自由合意、平和」は、貞子が生涯求めてやまなかったものであったことが確認できる。貞子にとって「黒い卵」が詩人としての出発点であり、その背景には戦争中の思想的営為の原像が込められているからである。重ねていうが「自由発意、自由合意」は貞子の原点であり、生涯強靭な思想を維持し続けたといえる。

貞子は、戦前は反戦の歌を詠み、戦後の日本や世界に対する不安や批判をテーマとして、日本の政治に視点を置くばかりでなく世界の政治に対しても鋭く言葉を発信した。さらに、朝鮮戦争、ベトナム戦争への批判、被爆から部落や朝鮮人や被爆者への差別、ビキニの問題、ネバタ、セミパラチンスクの核実験に対し、スリーマイル島原子力発電所の事故、チェルノブイリの原子力発電事故から核の汚染問題、ベラウへの核廃棄投棄の問題、ＰＫＯの問題、阪神大震災の被災者、沖縄問題、多くの人々を悼む詩がある。次に、貞子の人間性をさらに、理解するため貞子の語録を次に紹介する。

・近代思想は、人間を人間として生かさない圧制と搾取、貧困と差別からの解放の思想である。[注2]

・核兵器の存在が、人間を脅かし続けている核時代の今日、核兵器が、人間の肉体と精神にもたらせるものを具体的に形象化した原爆文学は、世界の共通のテーマであります。世界の文学者がそれぞれの想像力によって、文明を偽装した核の野蛮の根源に迫まり、一日も早く核時代を終わらせねばならないと思います。[注3]

・言葉によって人間を戦争に駆りたてることが可能なら、言葉によって生命の尊厳と人権平和の思いを深め拡げて平和を創造する人間を創ることも可能でなければならない。（中略）文学や詩は決していつも無力であるわけではない。言葉は民衆の胸奥に火を点じ、時いたりなば世界を変えるのだ。[注4]

これらの記述から近代思想にまで言及し、核兵器の存在を危惧し、言葉の力と言葉を介して人と人とが繋がることの大切さを説き続けたことが確認できる。

これまで貞子が念願する「平和・反戦・反核」を論じてきた。このように述べることができるのは、貞子が核兵器の破壊力を体験したからである。貞子は、広島の証言者として自己を宣言し、後の世代に戦争の実態、原爆の実情を伝え得る事を使命とした。それ故、その問題意識を原動力とすることによって、詩人の感性と批評家の理性を兼ね備え、「革命的ヒューマニスト」であるとともに、さらに拡大するため運動へと邁進させ、「行動する詩人」と評されるようになったと結論づけられる。

注

1 栗原貞子『月刊クーヨン』二〇〇一年八月号 クレヨンハウス 二〇〇一年八月 九四頁。

2 栗原貞子「国家悪を逆照射する被差別者たち」部落・朝鮮人・被爆者・公害患者を軸に『解放教育』第二二号 明治図書出版 一九七三年四月 一〇九頁。

3 栗原貞子「被爆体験と文学について」『核 貧困 抑圧』ほるぷ社 一九八四年二月 二〇八頁。

4 栗原貞子『反核詩集 核なき明日への祈りをこめて』詩集刊行の会 一九九〇年七月 五三頁。

＊詩の引用は『栗原貞子全詩編』（土曜美術社）に拠るものとする。なお、漢字は適宜旧漢字を新漢字に改めた。

栗原貞子年譜

一九一三年（大正二）　三月四日、広島市可部町に農家の次女として生まれる。

一九二六年（大正一五）　広島県立可部高等女学校入学。文学書を読み、詩、短歌を書き始める。

一九三〇年（昭和五）　県立可部高等女学校卒。歌誌「処女林」（後に解題「真樹」）同人となる。『中国新聞』に詩、雑文を投稿。

一九三一年（昭和六）　一八歳。栗原唯一と結婚。夫がアナキストで準禁治産者であったことから両親に反対され家を出て結婚。

一九三二年（昭和七）　松山市、高松市などを転々とした後、貧困と圧迫の中で長男・哲也を生む。

一九三四年（昭和九）　長男・哲也、消化不良のため死亡。

一九三五年（昭和一〇）　長女・眞理子を生む。

一九三八年（昭和一三）　次女・純子を生む。

一九四〇年（昭和一五）　唯一徴用で病院船吉野丸に乗船、上海方面に出航。送還後、目撃した日本軍の残虐行為をバスの中で知人に話し、密告され、起訴される。

一九四二年（昭和一七）　「黒い卵」「戦争に寄せる」「木の葉の小判」「戦争とは何か」を詩作。

一九四五年（昭和二〇）　三二歳。祇園町長束の現在地に転居。作家・細田民樹氏と出会い、文通始まる。八月六日原爆投下（爆心四粁）。家屋の壁、戸、障子、窓が爆風で飛び天井下がる。九日、隣家の女学生の遺体を引きとりに行く。短歌「原爆投下の日」一九首、「悪夢」二三首を書く。爆風で壊れた部屋の灯火管制の下、細田氏と語りあい「もう戦争も時間の問題だ。戦争が終ったら文化運動を始めよう」と約束する。一二月、細田民樹氏を顧問に「中国文化連盟」結成。

一九四六年（昭和二一）『中国文化』（中国文化連盟叢書）原子爆弾特集号を刊行。事後検閲で呉市吉浦の民間情報部に発行人の栗原唯一呼び出される。八月、詩歌集『黒い卵』刊行。検閲で詩三編、短歌一一首が削除される。

一九四八年（昭和二三）『中国文化』終刊。一一月、『リベルテ』に改題して、創刊（六号まで発行の後、廃刊）。

一九五一年（昭和二六）旬刊「広島生活新聞」を夫とともに発行、文芸欄に力を入れる。広島大学『エスポワール』、広島文学会『われらのうた』など、広島の戦後文学の第二次ピークをつくる。

一九五二年（昭和二七）世界連邦アジア会議（峠三吉らと）にメッセージをまとめ、原爆に関する映画、文学などの弾圧、海外移出禁止の実状を訴え自由への支持を求める。

一九五三年（昭和二八）『中国新聞』紙上で、第一次原爆文学論争起る。

一九五五年（昭和三〇）四月、夫唯一が県会議員に初当選。

一九六〇年（昭和三五）正田篠枝、森滝しげ子、山口勇子さんらと「原水禁広島母の会」を発足。広島詩集『日本を流れる炎の河』を刊行。『中国新聞』紙上で第二次原爆文学論争起こる。その発火点「広島の文学をめぐって」を発表。

一九六一年（昭和三六）『ひろしまの河』（原水禁広島母の会）創刊。

一九六二年（昭和三七）夫唯一、県会議員に三選。大原三八雄、米田栄作、深川宗俊氏らと和英対訳詩集『The Songs of Hiroshima』を刊行。

一九六七年（昭和四二）七月、詩集『私は広島を証言する』（詩集刊行の会）出版。

一九六九年（昭和四四）八月、詩集『ヒロシマ』（大原、米田、深川氏と刊行委員会）一万部出版。

一九七〇年（昭和四五）四月、『どきゅめんと・ヒロシマ24年　現代の救済』（社会新報社）出版。

一九七四年（昭和四九）三月、詩集『ヒロシマ・未来風景』（詩集刊行の会）出版。

一九七五年（昭和五〇）七月、『ヒロシマの原風景を抱いて』（未来社）出版。

一九七六年（昭和五一）三月、詩集『ヒロシマというとき』（三一書房）出版。

一九七八年（昭和五三）七月、エッセイ集『核・天皇・被爆者』（三一書房）出版。七月三〇日、大田洋子文学碑除幕。

一九七九年（昭和五四）四月、詩集『未来はここから始まる』（詩集刊行の会）出版。

一九八〇年（昭和五五）四月、英訳栗原貞子詩集『The Songs of Hiroshima』、一〇月一五日、夫・唯一、膵臓癌で死去。

一九八一年（昭和五六）五月、『中国文化』原子爆弾特集号復刻発行。

一九八二年（昭和五七）二月、『ヒロシマ、ナガサキの証言』創刊（編集委員）。三月、詩集『核時代の童話』（詩集刊行の会）出版。ドイツ「インターリッツ・82国際文学者会議」に出席。「核時代の体験作家の苦悩」を講演。八月、エッセイ集『核時代に生きる』（三一書房）出版。

一九八三年（昭和五八）七月、『黒い卵』完全版（人文書院）出版。

一九八四年（昭和五九）七月、日本現代詩文庫　17『栗原貞子詩集』（土曜美術社）出版。

一九八五年（昭和六〇）　三月、『詩と画で語りつぐ反核詩画集 ヒロシマ』（詩集刊行の会）出版。

一九八六年（昭和六一）　四月、詩集『青い光が閃くその前に』（詩集刊行の会）出版。

一九八九年（平成元）　八月六日、中国郵政局の庭に、広島貯金局の被爆モニュメントをつかった「生ましめんかな」の詩碑が建立。

一九九〇年（平成二）　七月、詩集『核なき明日への祈りをこめて』（詩集刊行の会）出版。一一月二四日、第三回「谷本清平和賞」受賞。

一九九一年（平成三）　「護憲の碑」建立。六月、エッセイ集『問われるヒロシマ』（三一書房）出版。一〇月三〇日、呉港でのＰＫＯ反対デモ参加後、脅迫電話・状続く。

一九九四年（平成六）　『黒い卵』マイニア教授により英訳出版（検閲で削除された文章が表紙になる）。八月、三次市・三良坂町の「わたすの像」その側の自然石に母親が子供に平和を渡す讃歌を刻んだ詩碑完成。一〇月六日、横断歩行中バイクにはねられ四ケ月入院。以後外出困難。

一九九七年（平成九）　六月、詩集『忘れじのヒロシマわが悼みうた』（詩集刊行の会）出版。

一九九九年（平成一一）　六月、右脳梗塞のために半身不随となる。

二〇〇五年（平成一七）　九二歳。三月六日、自宅にて死去。

著書（編集）
『私は広島を証言する』詩集　詩集刊行の会　一九六七
『どきゅめんと・ヒロシマ24年　現代の救済』社会新報　一九七〇
『ヒロシマ・未来風景』詩集　詩集刊行の会　一九七四

『ヒロシマの原風景を抱いて』未來社 一九七五
『ヒロシマというとき』詩集 三一書房 一九七六
『核・天皇・被爆者』エッセイ集 三一書房 一九七八
『未来はここから始まる』詩集 詩集刊行の会 一九七九
『核時代に生きる』エッセイ集 三一書房 一九八二
『核時代の童話』反核詩集 詩集刊行の会 一九八二
『黒い卵(完全版)』占領下検閲と反戦・原爆詩歌集人文書院 一九八三
『日本現代詩文庫 17 栗原貞子詩集』土曜美術社 一九八四
『詩と画で語りつぐ 反核詩画集 ヒロシマ』吉野誠画 詩集刊行の会 一九八五
『反核詩画集 青い光が閃くその前に』吉野誠画 詩集刊行の会 一九八六
『反核詩集 核なき明日への祈りをこめて』詩集刊行の会 一九九〇
『問われるヒロシマ』エッセイ集 三一書房 一九九二
『反核詩集 忘れじのヒロシマわが悼みうた』詩集刊行の会 一九九七
『栗原貞子全詩篇』土曜美術社 二〇〇五
『栗原貞子を語る 一度目はあやまちでも』広島に文学館を!市民の会二〇〇六
『人類が滅びぬ前に 栗原貞子生誕百年記念』 広島文学資料保全の会 二〇一四 未発表作品を収録

参考文献

〈テキスト〉

栗原貞子『詩集　私は広島を証言する』詩集刊行の会　一九六七年七月
栗原貞子『どきゅめんと・ヒロシマ24年　現代の救済』社会新報　一九七〇年四月
栗原貞子『ヒロシマ・未来風景』詩集刊行の会　一九七四年三月
栗原貞子『ヒロシマの原風景を抱いて』未来社　一九七五年七月
栗原貞子『ヒロシマというとき』三一房書　一九七六年三月
栗原貞子『核・天皇・被爆者』三一書房　一九七八年七月
栗原貞子『詩集　未来はここから始まる』詩集刊行の会　一九七九年四月
栗原貞子『詩集　核時代の童話』詩集刊行の会　一九八二年三月
栗原貞子『核時代に生きる』三一書房　一九八二年八月
栗原貞子『黒い卵（完全版）』人文書院　一九八三年七月
栗原貞子『日本現代詩文庫　17　栗原貞子詩集』土曜美術社　一九八四年七月
栗原貞子『詩と画で語りつぐ　反核詩画集　ヒロシマ』詩集刊行の会　一九八五年三月
栗原貞子『反核詩画集　青い光が閃くその前に』詩集刊行の会　一九八六年四月
栗原貞子『反核詩集　核なき明日への祈りをこめて』詩集刊行の会　一九九〇年七月

栗原貞子『問われるヒロシマ』三一書房　一九九二年六月
栗原貞子『反核詩集　忘れじのヒロシマわが悼みうた』詩集刊行の会　一九九七年六月
栗原貞子『栗原貞子全詩篇』土曜美術出版社　二〇〇五年七月

〈参考文献一覧〉

単行本

大原林子『聖手に委ねて』大原三八雄　一九四三年三月
浜井信三『原爆市長』朝日新聞社　一九四七年一二月
ジョン・ハーシー著　谷本清・石川欣一訳『ヒロシマ』法政大学出版局　一九四九年四月
中国新聞社編『炎の日から20年―広島の記録２』未来社　一九六六年六月
中国新聞社編『証言は消えない―広島の記録２』未来社　一九六六年六月
広島県議会事務局調査課編『四年のあゆみ』広島県議会事務局　一九六七年四月
永井隆『長崎の鐘』中央出版　一九七六年二月
大原亨「式辞」『栗原唯一追悼　平和憲法の光をかかげて』詩集刊行の会　一九八〇年一一月
森井忠良「式辞」『栗原唯一追悼　平和憲法の光をかかげて』詩集刊行の会　一九八〇年一一月
ＷＣＯＴＰ・日教組報告書編集委員会『世界の平和・軍縮教育―一九八二年国際シンポジュウム報告―』勁草書房　一九八三年七月
モニカ・ブラン『検閲一九四五―一九四九―禁じられた原爆報道』時事通信社　一九八八年二月
黒古一夫『原爆文学論―核時代と想像力―』彩流社　一九九三年七月

黒古一夫『原爆は文学にどう描かれてきたか』八朔社　二〇〇五年八月
永井隆「序文」『日本の原爆記録②』日本図書センター　一九九一年五月
堀場清子『禁じられた原爆体験』岩波書店　一九九五年六月
吉澤南『ベトナム戦争―民衆にとっての戦場―』吉川弘文館　一九九九年五月
田口武雄編『20世紀　どんな時代だったのか　戦争編』「大戦後の日本と世界」読売新聞社　一九九九年六月
広島県詩人協会編『アンソロジー広島の現代詩』広島県詩人協会　二〇〇〇年四月
ジョン・W・トリート『グランド・ゼロを書く―日本文学と原爆』法政大学出版局　二〇一〇年七月
高雄きくえ編『被爆70年ジェンダー・フォーラムin広島「全記録」ヒロシマという視座の可能性をひらく』ひろしま女性学研究所　二〇一六年一一月

〈単行本所収論文〉

栗原貞子「八・六の意味するもの5　―大田洋子とG・アンデルスを軸に」『ヒロシマの意味』小黒薫編　日本評論社　一九七三年六月
〈ベトナムに平和を！〉市民連合（ベ平連）編『ベ平連ニュース縮小版』「ベ平連ニュース縮小版」刊行委員会　一九七四年六月
栗原貞子「ヒロシマ・ナガサキから　被爆者のこころ　―正田篠枝さんと私―」『原爆から原発まで―核セミナーの記録（上）』原爆体験を伝える会編　柏心社　一九七五年七月
栗原貞子「ヒロシマについての未来について」『旭川市民文芸』二一号　旭川図書館　一九七九年一一

月
栗原貞子「被爆体験と文学について」『核　貧困　抑圧』ほるぷ社　一九八四年二月
吉田欣一「栗原貞子の詩行動について」『日本現代詩文庫　17　栗原貞子詩集』土曜美術社　一九八四年七月
栗原貞子「戦争の過去と現在と未来」『現代の差別を考える3』全国同和教育研究協議会事務局　一九九七年五月
福間良明『「反戦」のメデア史—戦後日本における世論と輿論の拮抗—』世界思想社　二〇〇六年五月
水島裕雅「栗原貞子論〈原民喜との比較を中心として〉」『栗原貞子を語る　一度目はあやまちでも』広島に文学学館を!市民の会　二〇〇六年七月
安藤欣賢「べ平運動から加害性に気付く」『栗原貞子を語る　一度目はあやまちでも』広島に文学館を!市民の会　二〇〇六年七月
伊藤眞理子「栗原貞子の詩と思想」『栗原貞子を語る　一度目はあやまちでも』広島に文学館を!市民の会　二〇〇六年七月
栗原眞理子「思い出すまま」『栗原貞子を語る　一度目はあやまちでも』広島に文学館を!市民の会　二〇〇六年七月
繁沢敦子『原爆と検閲』中央公論新社　二〇一〇年六月
川口隆行『原爆文学という問題領域』創言社　二〇一一年五月
広島市文化協会文芸部会編『占領期の出版メディアと検閲　戦後広島の文芸活動』勉誠出版　二〇一三年一〇月

栗原貞子　「中山士郎随筆集「原爆亭折ふし」を読んで―私的感想―」『人類が滅びぬ前に　栗原貞子生誕百年記念』　広島文学資料保全の会　二〇一四年一月
伊藤成彦　「栗原貞子の世界　―栗原書簡の背景」『人類が滅びぬ前に　栗原貞子生誕百年記念』　広島文学資料保全の会　二〇一四年一月

〈雑誌掲載論文〉

栗原貞子　「死んだ娘は浮かばれるか」『会報』第四号　原爆文学を読む会　一九六〇年七月
栗原貞子編『ひろしまの河』第一号　原水爆禁止広島母の会事務局　一九六一年六月
栗原貞子　「光あるうちに」『世界』一九六四年八月号　第二二四号　岩波書店　一九六四年八月
栗原貞子　「広島のなかの私」『ぷれるうど』第二五号　大原三八雄　一九六五年七月
栗原貞子　「原爆体験の今日的意味」『ひろしまの河』第一五号　原水爆禁止広島母の会事務局　一九六六年八月
日高六郎　「サルトルとの対談　―知識人・核問題について」「広島の印象」『世界』一九六六年第二五三号一二月号　岩波書店　一九六六年一二月
栗原貞子　「回想　―敗戦・「中国文化」・短歌―」『火幻』第一〇巻三七号　火幻の会　一九六七年一〇月
栗原貞子　「わたしの見た　ヒロシマ」『輪』第二五号　輪の会　一九六八年五月
栗原貞子　「「帛紗」「生命賛歌」「三つの珠」によせて」『真樹』第四〇巻第一号　真樹社　一九六九年一月

栗原貞子「被爆者青年同盟の軌跡」『現代の眼』一九七一年一二月号　一四四号　現代評論社　一九七一年一二月
栗原貞子　解放の思想第十八「国家悪を逆照射する被差別者たち＝栗原貞子」≪部落・朝鮮人・被爆者・公害患者を軸に≪『解放教育』一九七三年四月号　第二二号　明治図書出版　一九七三年四月
栗原貞子「文学栗原貞子の眼」『週刊金曜日』一九七四年七月四日号　第一七七号
栗原貞子「文学栗原貞子の眼」『週刊金曜日』一九七四年七月一一日号　第一七八号
栗原貞子「文学栗原貞子の眼」『週刊金曜日』一九七四年七月一八日号　第一七九号
栗原貞子「文学栗原貞子の眼」『週刊金曜日』一九七四年七月二五日号　第一八〇号
亀山太一「広島の夏は百日花の花でいろどられる」『月刊経済春秋』　広島春秋社　一九七六年一月
栗原貞子「ヒロシマに生きた女たち」『季刊長崎の証言』第三号　長崎の証言の会　汐文社　一九七九年五月
栗原貞子「原爆登校日の私のお話」『季刊長崎の証言9』　長崎の証言の会　汐文社　一九八〇年一一月
小松弘愛「栗原貞子　生ましめんかな　―原子爆弾秘話―」『高知学芸高等学校研究報告』第三〇号別冊　一九九一年三月
栗原貞子「報告!　憲法をとりでに平和創造を」『月刊社会党』一九八一年五月号　第二九八号　日本社会党中央本部機関紙局　一九八一年五月
吉田欣一「栗原貞子論」『コスモス』第三六号　コスモス社　一九八二年一月

栗原貞子「耐えられるのか」『子どもたちに平和な地球を残したい』日本子どもを守る会　一九八二年四月
栗原貞子「軍縮にかけるわが思い」『月刊社会党』一九八二年四月号　第三〇九号　日本社会党中央本部機関紙局　一九八二年四月
栗原貞子「反核詩集より」『新しい家庭の科学』一九八二年八月号　ウイ書房　一九八二年七月
堀場清子「占領下の検閲をみる　―栗原貞子詩歌集『黒い卵』をテキストとして―」『未来』一九八二年九月号　第一九二号　一九八二年九月
栗原貞子「他者と私を結ぶ詩を」『詩と絵画　随想集』詩通信社　一九八四年一二月。
栗原貞子「著者と語る　原爆体験を伝えること「生ましめんかな」「ヒロシマというとき」の周辺」『国語通信』一九八三年七・八月号　第二五七号　筑摩書房　一九八三年八月
栗原貞子「文学者の戦争責任　―アジアの文学者ヒロシマ会議を前に」『月刊社会党』一九八三年八月号　第三二七号　一九八三年八月
栗原貞子「歴史に学ばない日本人」『月刊社会党』一九八五年九月号　第三五四号　日本社会党中央本部機関紙局　一九八五年九月
栗原貞子「ヒロシマの原体験を通して」『月刊社会党』一九八五年一二月号　第三五七号　日本社会党中央本部機関紙局　一九八五年一二月
細川正「人物風土記―社会主義者の群像広島―平和と社会主義をひたすら求めつづけて」『月刊社会党』一九八六年四月号　第三六二号　日本社会党中央本部機関紙局　一九八六年四月
栗原貞子「平和・被爆者・女性」『部落解放ひろしま』第四号　部落解放同盟　ひろしま県連合会　一

九八六年六月
栗原貞子「ヒロシマの文学の回想と今日　―広島文学館構想に際して―」『詩と思想』第三八号　土曜美術社　一九八七年八月
「生きていたあの日の助産婦」一九八八年八月一四日号『女性自身』光文社
栗原貞子「黒い折鶴の心」『月刊社会党』一九八八年一月号　第三八四号　日本社会党中央本部機関紙局　一九八八年一月
栗原貞子「二つの文集」『月刊社会党』一九八八年二月号　三八五号　日本社会党中央本部機関紙局　一九八八年二月
栗原貞子「地下室の誕生」『軍縮問題資料』第一二一号　宇都宮軍縮研究室　一九九〇年一二月
ジャーナリスト・土井敏那「脅迫にさらされる原爆詩人「ここで黙れば責任とれぬ」『朝日ジャーナル』一九九一年　一一月号　朝日新聞社　一九九一年一一月
栗原貞子「…広島で考える…」『月刊ヒューマンライフ』一九九二年五月号　部落解放研究所　一九九二年五月
大牟田稔「被爆者援護法と森滝市郎」『軍縮問題資料』第一六二号　宇都宮軍縮研究室　一九九四年五月
栗原貞子『月刊クーヨン』二〇〇一年八月号　クレヨンハウス　二〇〇一年八月
栗原貞子全詩編の刊行を勧める会「生ましめんかな」『暮らしの手帳』第十八号　二〇〇五年一〇・一一月秋号
高橋夏雄「反核60年栗原貞子追悼」『文芸日女道』一一月号　姫路文学人会議　二〇〇五年一一月

〈雑誌特集号〉
栗原貞子編『中国文化』（原子爆弾特集号） 栗原唯一 一九四六年三月
栗原貞子編「『中国文化』発刊並に原子爆弾特輯について」『中国文化』原子爆弾特集号復刻並に抜き刷り（二号〜一八号） 栗原貞子 一九八一年五月

〈新聞掲載記事〉
『原水禁ニュース』第五一号 原水爆禁止日本国民会議 一九六九年五月一日
「岩国に核貯蔵！」「本土の沖縄化」『原水禁ニュース』第八〇号 原水爆禁止日本国民会議 一九七一年一二月一日
「助産婦9ヒロシマ6・生ましめんかな」『中国新聞』一九八八年八月二日
安藤欣賢「ヒロシマ表現の軌跡 第一部栗原貞子の周辺 1」『中国新聞』一九八七年七月七日
安藤欣賢「ヒロシマ表現の軌跡 第一部栗原貞子の周辺 1」『中国新聞』一九八七年七月二一日
堀場清子「戦後70念志の軌跡 番外編 憲法が揺らぐ時代に ㊤」『中国新聞』二〇一五年五月八日
森田裕美「戦後70年志の軌跡 第5部栗原貞子①」『中国新聞』二〇一五年一二月一六日

〈ファイル資料〉
「反核・平和・文化を考える―栗原貞子氏の講演から―82・5・7 第2回芸文セミナーにおいて「芦

屋市立潮見中二年との交流関連文献」　栗原貞子平和記念文庫　ファイル四五
広島女学院大学「栗原貞子平和記念文庫」所蔵。ファイル一六
右同じ。　ファイル一七

あとがき

この本のもとになった博士論文を書き始めたのは七年前、その間に、世界の情勢は、劇的により危険な方向に変わっている。二〇一七年七月一二日に、「核兵器禁止条約」は国連総会で採択された。条約は、二〇二一年一月二二日に発効し、世界の多くの人たちは「核兵器禁止」に対して希望を持ち始めたはずだった。だが、二〇二二年二月二四日、ロシアはウクライナに軍事侵攻する。そして、核兵器保有国であるロシアのプーチン大統領は、核の使用について辞さないことをチラつかせている。このロシアの最高指導者の姿勢に、日本はもちろんのこと、世界中が「核」のリアルな脅威に対して、否応なしに神経を研ぎ澄まさなければならない状況に置かれた。

「平和・反戦・反核」を生涯掲げ行動してきた詩人、栗原貞子が、今この時に生きていたら、このような状況に対して、どのようにいい、行動するのだろうかと、考えを巡らさざるを得ない。「核兵器禁止条約」では、平和利用としての原発を認めているが、栗原貞子は「たとえ核戦争がなくても、ある日突然、原発の大事故が起こり、一地方が全滅するという脅威」と述べている。彼女は原発を容認していなかった。現実にロシアのウクライナ侵攻による軍事行動により、原発が破壊され、重大事態を招く危険性は目の前に迫っている。彼女が危惧していた、核そのものによる「世の終わりを招くもの」は、現実の可能性が高まっているのである。

栗原貞子は、戦争について、「どんなに小さなことでも戦争につながることは自分たちの身のまわりから取り除く努力をすることです」と述べている。いくら人びとが「身のまわりから取り除く努力」をしても、この度のロシアによるウクライナ軍事侵攻のように、いきなり一方的に侵攻されれば、防御するすべがあるのか、無駄な努力ではないかとの声も聞こえてくる。ロシアは、日本にも侵攻するのではと危惧する意見も出てきており、日本ももっと防衛力を強化すべきとの声も高まってきている。でも、本当にそうだろうか。

戦争という現実があるからこそ、徹底して「戦争につながること」を「取り除く」ことをしていかないと、もっと事態は悪くなっていく。今こそ、彼女の提起を実践しなければならないと思う。

この様な状況であるからこそ、この栗原貞子が人びとに問い求めてきた言葉の意味を、今一度受けとめて考えることが大切ではないだろうか。この核兵器の使用と原発の重大事故の危機が迫る、この時にこそ、「平和・反戦・反核」に生涯を捧げた行動する被爆詩人「栗原貞子」の軌跡をたどってきた本書が一助になればと思う。

本書の出版は、様々な方のお力添えによるものです。もとになった博士論文の指導教授である広島女学院大学の足立直子先生をはじめ、副査に関わってくださった、佐藤茂樹先生、柚木靖史先生、関西学院大学の細川正義先生に感謝申し上げます。また、本書を出すにあたって、専門論文を分かりやすくするために丁寧なアドバイスとともに編集をしていただいた渓水社の木村逸司社長、論文のまとめのときや本書の出版にご尽力いただいた元広島女学院大学の西河内靖泰先生に感謝申し上げます。

一日でも早く、この世界が核の恐怖から解放されることを願います。

松本滋恵

栗原貞子の詩・短歌・講演

書名・誌名索引

人名・団体名索引

事項索引

著者

松本　滋恵（マツモト　マスエ）

1942年　広島生まれ。1945年、広島において被爆。
1963年　中央大学法学部入学　中退。
1976年　保育士資格取得。
1980年　調理師資格取得。
2004年3月　放送大学教養学部「生活と福祉」課程卒業。
　同年8月　日本心理学認定心理士証取得。
2006年3月　放送大学教養学部「発達と教育」課程卒業。
2012年3月　放送大学教養学部「人間の探求」課程卒業。
2014年3月　放送大学大学院文化科学研究課文化科学専攻修士課程修了。修士論文「原民喜と峠三吉」。
2016年9月　放送大学教養学部「自然と環境」課程卒業。
2019年3月　広島女学院大学言語文化研究科日本言語文化専攻博士後期課程。博士（文学受与）。博士論文「栗原貞子」。
2020年3月　放送大学教養学部「社会と産業」課程卒業。
2022年3月　放送大学教養学部「情報」課程卒業。放送大学グランドスラム達成。

著　書『わたしのフィールドワーク　原民喜と峠三吉』。
現　在　原爆文学研究会会員。日本文芸学会会員。日本平和学会会員。全日本大学開放推進機構会員。

行動する詩人　栗原貞子
——平和・反戦・反核にかけた生涯——

発　行
2023年4月3日

著　者
松　本　滋　恵

発行所
株式会社 溪 水 社
広島市中区小町1－4（〒730-0041）
電話 082-246-7909／FAX 082-246-7876

ISBN978-4-86327-608-6　C1023